Alex Legrand

Couverture

Remerciements :

Crédit photographique
Palazon

Graphisme
Cyrille Lebrun

5-7, rue de l'École-Polytechnique ; 75005 Paris

L'HARMATTAN, ITALIA s.r.l.
Via Degli Artisti 15 ; 10124 Torino
L'HARMATTAN HONGRIE
Könyvesbolt ; Kossuth L. u. 14-16 ; 1053 Budapest
L'HARMATTAN BURKINA FASO
1200 logements villa 96 ; 12B2260 ; Ouagadougou 12
ESPACE L'HARMATTAN KINSHASA
Faculté des Sciences Sociales, Politiques et Administratives
BP243, KIN XI ; Université de Kinshasa – RDC

http://www.librairieharmattan.com
harmattan1@wanadoo.fr
diffusion.harmattan@wanadoo.fr

ISBN : 2-296-00144-0
EAN : 9782296001442

Nathalie FILLION

Alex Legrand

L'HARMATTAN

Merci à l'équipe de création pour sa confiance et sa simple magie.

Merci à Hervé Masquelier et Jean-Louis Martin-Barbaz.

Merci à Tatiana Breidi, Maryse Pierson, Cyrille Lebrun, Stéphane Vallé, compagnons de route, pour leur soutien, leur engagement et leur amitié.

ALEX LEGRAND

A été créé le 14 octobre 2004 au Petit T2R, Théâtre des 2 Rives de Charenton-le-Pont.

Texte et mise en scène de Nathalie Fillion
Assistée de Valérie Castel Jordy
Scénographie et costumes de Charlotte Villermet
Lumières de Denis Desanglois
Création sonore de Walid Breidi

Distribution :
(par ordre d'entrée en scène)

Alex Legrand : Sylvain Creuzevault
Annabel Lee : Juliette Steimer
Jonathan : Philippe Frécon
Alexandra Legrand : Chantal Deruaz
Alexandre Legrand : Hervé Van der Meulen

Le texte ALEX LEGRAND a bénéficié d'une bourse du Centre National du Livre. Il a été écrit à la Chartreuse de Villeneuve-lez-Avignon, Centre National des Ecritures du Spectacle, entre 2000 et 2001.

- Nathan, vous vous faites sûrement une idée de la situation maintenant.
- Quelle situation ?

Philip Roth
Zuckerman enchaîné - L'écrivain fantôme

- Oh misérable salaud, ne me parle surtout pas de pères et de fils !

Philip Roth
Zuckerman délivré

À Stéphane

Personnages

Alex Legrand :	Fils d'Alexandre et Alexandra Legrand, écrivain narcissique en sursis
Alexandre Legrand :	Père d'Alex, ingénieur des ponts en retraite
Alexandra Legrand :	Conquête d'Alexandre, femme au foyer, maman d'Alex
Annabel Lee :	Étudiante presque anglaise échouée sur nos côtes, amour d'Alex, un poème
Jonathan :	Voisin du dessus d'Alex, adepte des sports extrêmes

L'action se passe dans un lieu unique qui ressemble à s'y méprendre à une chambre de théâtre, donc à une fausse chambre.

Les meubles sont authentiques, patinés par le temps, ils n'ont rien à faire sur une scène de théâtre. Les faux mouvements, les déplacements injustifiés des meubles, des personnages et des pensées sont multiples, et l'auteur renonce aux didascalies.

Portrait de l'assassin

Une chambre. Un lit en fer avec des barreaux, une vieille armoire avec une glace en pied. Un tapis. Alex est debout sur le lit, à peine habillé, pas tout à fait nu, des vêtements à la main.

Alex : Ils arrivent — Ils arrivent — C'est atroce. Ils arrivent — Ils frappent. J'ouvre. Ils entrent. Non — Je n'ouvre pas — Ils entrent quand même, avec leurs questions. Ils ont la clé, avec leurs questions, avec leurs silences pourris de questions. Où ? Quand ? Pourquoi ? Avec qui ? Qu'est-ce que tu fous à poil ? Fouillez-le ! Dos au mur. Il est armé. Non ! — Je n'avouerai rien. Rien. Je suis innocent. Innocent. Je n'ai fait que mon devoir. Exister. Exister est un devoir — c'est ça. C'est ça. Je vais leur dire ça. Ça va les clouer / Je vais les clouer / Les crucifier au porte manteau / Les enfermer dans l'armoire / Dégainer le premier — Aaaaaaaaah — Merde ! Je suis armé. Ne bougez plus. Il est pourri ce lit — Ils ne vont rien comprendre. Pas agressif. Pas crier. Ne crie pas. Je suis armé. Je ne crie pas. Oui, un sale coup, oui, un mauvais coup. Non, je ne crie pas. Non. Je souris, calmement, en silence. Bonjour. Un sourire calme. Comme ça — Salut — J'existe. Bonjour. J'existe. Ça les cloue. Il ne savent rien de moi. Rien — Mon amour nous sommes sauvés — Ils ne savent rien de moi. Fuyons, mon trésor — j'aurais dû t'enfouir mon trésor. Trop tard. Ils sauront tout

par les journaux. La plume comme un couteau. Faux. Il aurait mieux fait de se trancher les veines, laisser pisser, le petit salaud. Faux. Je n'ai pas voulu les tuer. Ils sont morts, sans préméditation, je le jure. Légitime défense. Voilà. C'est ça. J'invoque la légitime défense et on m'acquitte. Et on est quitte / quitte — quitte. Je suis libre. Libre. Je m'envole, je vole, détaché, délivré, déchaîné — nu dans les nues, nu dans les nuées — quitte. Qui m'acquittera ? Procès truqué. Pas d'avocat. Qui m'entendra ? Pas de procès. La vérité, toute la vérité — Quel est le sujet ? Qui est le sujet ? Plus de sujet. Moi Moi Moi, Je Je Je. Je parle comme un porc qu'on égorge. Arrachez-lui la langue — Ô, langage fleuri de mon enfance, où es-tu ? Tulipes vermillon, vos corolles ouvertes invitent à la splendeur — Ornicar, putain ! Je me suis condamné, damné moi-même — un poème,
Mené aux enfers,
Seul.
Marche devant ! et c'est à moi que je parlais.
Un couteau dans les reins.
Vas-y.
Avance.
Descends.
Porté mon cœur dans mes mains.
Le regarder battre,
Exilé, extirpé — Quelle heure est-il ? Oh merde, merde. Plus que deux heures. Tant pis. Je m'en fous. Je reste au lit.

Alex se couche.

Scène 1 : un trésor

Entre Annabel. Elle est belle. Elle porte un manteau couleur d'or. Elle parle avec un accent, parfois léger, parfois fort.

Annabel : Alex !

Alex : Yes ?

Annabel : Tu l'as vue l'heure ? J'ai le plum pudding.

Alex : Yes, yes.

Annabel : Qu'est-ce tu fiches au lit ?

Alex : Je lis au lit / Ô ma jolie / Ô ma lie / Ô ma mort — je gis, vois : ci-gît Alex au lit.

Annabel : Ils sont en train d'arriver dans le train. Habille-toi.

Alex : Je me vêts, je me vêts.

Annabel : Où ?

Alex : Vêts. Nulle part. De rien. Je me vêts de vêtir / d'habits / de dépouilles / de lambeaux / de guenilles.

Annabel : Oh, arrête, c'est pas approprié avec moi hein.

Alex : Je me couvre de honte.

Annabel : Arrête d'être comme ça sens dessus dessous. Habille-toi. Ils vont arriver. Lève-toi.

Alex : Toi. Toi. Lève-moi toi. Habille-moi toi. Je ne peux pas moi. Je ne peux pas. Tant pis. Dis-leur que je suis mort.

Annabel : C'est toujours moi qui fais peur.

Alex : Mens. Mens. Je t'en supplie. Fais ça pour moi si tu m'aimes. Dis-leur que je suis malade / que le Reichstag est en flammes / qu'on a brûlé les livres / que je me suis pendu dans mon bunker / que je les aime de tout mon cœur – aïe !

Annabel : Où ?

Alex : Aïe.

Annabel : Alex, Alex. Où ?

Alex : Aïe. Merde.

Annabel : Dis.

Alex : Cœur.

Annabel : Une pique ?

Alex : Qu'ils me pardonnent. Oui.

Annabel : C'est une côte. Respire fort. C'est rien.

Alex : C'est pire.

Annabel : Calme.

Alex : Terrible. Tu ne les connais pas. Tu vas voir. Non. Je ne veux pas que tu les voies. Je ne veux pas qu'ils te voient. Ils vont t'abîmer. Je suis un criminel, tu comprends ? Un déserteur / un renégat / un traître / un parjure /

Annabel : Laisse-moi faire.

Alex : Un transfuge / un apostat /

Annabel : Laisse-toi faire.

Alex : Un hérétique / un judas / un dissident / un cathare /

Annabel : Oui ?

Alex : Une merde.

Annabel : Tu es pas une merde. I love you.

Alex : Aïe.

Annabel : Ça va mieux hein ?

Alex : Mon amour. Toi, toi, calme-moi toi. Tu es là avec moi. Tu vas me sauver. Quelle heure est-il ? Les journaux sont sortis ? Ils parlent de moi ? Ils parlent de moi.

Annabel : Tout le monde s'en fout de toi mon cœur. Sauf moi. Tes chaussettes. I love you.

Annabel glisse un bout de papier sous le tapis.

Alex : Tout le monde s'en fout / tout le monde s'en fout / mes chaussettes / sauf eux.

Annabel : Arrête de bouger comme ça. Je peux pas te les mettre sur tes pieds.

Alex : Sur mes pieds – je t'adore. Dans l'autre sens – l'autre sens.

Annabel : Pourquoi tu m'adores ? C'est pas comme ça qu'on dit ?

Alex : Si, si.

Annabel : Tu me corriges hein ? Si je dis mal.

Alex : Jamais. Dis comme tu veux – dans l'autre sens je te dis. C'est moi qu'on corrige, qu'on punit.

Je suis puni. Laisse-moi ce privilège — Un pseudonyme. J'aurais dû prendre un pseudonyme. J'en avais trouvé des sublimes. Luciano Malamorte. Michel Van Kalmer. Anton Kraspetsh. C'est l'autre crapule, démon, mauvais ange, qui m'a soufflé dans le dos "et pourquoi pas simplement votre nom, monsieur Legrand ?" Mon nom - nom de dieu - mon nom – mon Dieu – s'il n'était qu'à moi.

Annabel : C'est joli mauvais ange. Ta chemise.

Alex : Mon moignon de prénom, ridicule. Pourquoi je n'ai pas pris un pseudonyme / un masque / une cagoule ?

Annabel : Peut-être le démon a soufflé, mais qui a signé ? Toi, non ? Il manque les manches. Pas Marguerite.

Alex : Quoi ? Oh non. Il manque les manches ? C'est dingue. Moi, oui. Pas Marguerite. Mais non, elle est sans manches. Pitié. Sans manches. Tu m'as fait peur. Elles ne manquent pas, elle n'en a jamais eu.

Annabel : Ça, ça veut pas dire. Elles manquent quand même. Regarde ma mère. Regarde ta chemise. Je parle le mal encore.

Alex : J'ai envie de toi. C'est le mal ?

Annabel : C'est trop court.

Alex : Qui ?

Annabel : Le temps.

Alex : Ils me coupent tout ils me coupent tout / Merde / Big Ben au loin droite dans la brume. Bon. Tant pis, je ferme ma chemise. Le col n'est pas net, je sais. Je vis mes derniers instants. Avec un peu de chance je ressusciterai sous une autre forme.

Annabel : Moi je suis contente de voir ton papa et ta maman.

Alex : Tu ne m'aimeras plus.

Annabel : Jamais. Il est bizarre ton pantalon. Tout court.

Alex : J'ai honte. Je t'ai prévenue. Tu vas me quitter.

Annabel : Je sais. Tu sais je m'en fous que tu leur dis vous. Pour nous tu – vous – vous – tu – c'est you, c'est tout. You pour tout le monde. Mais toi c'est toi qui me quittes, après tout.

Alex : I will leave you / you / après tout. Génial Big Ben.

Annabel : Pourquoi tu mets ce pantalon ? Il est bizarre. Il est pas toi.

Alex : Tu vois. Ça commence. Tu ne me reconnais plus. Il faut tout arrêter. Tout. Brûler les livres. Tous. Un par un. Tant pis. Emmène-moi au bout du monde. Je vais te cacher comme un trésor. Donne-moi ta langue, je changerai de nom. Je suis un zéro, je repars à zéro.

Annabel : Tire un peu vers en bas.

Alex : Je ne peux pas, je ne peux pas assumer ça. Je croyais / je voulais / désirais / de toute mon âme / de toute ma force mâle comme on dit dans les livres en cuir. Je ne peux pas. Il faut tout arrêter, mais c'est trop tard.

Annabel : Là tu es ridicule tout court. Tu me désappointes.

Alex : Mon pantalon ?

Annabel : Toi tout court.

Alex : Comment on dit en anglais ?

Annabel : Short.

Alex : Tu vois. Regarde. Absurde. Il a rétréci ou c'est moi qui ai grandi ?

Annabel : C'est toi qui est grandi parce que tu as fait ce que tu devais faire. C'est magnifique. Tu es magnifique. Alex le Magnifique.

Alex : Alex Legrand / le rétréci / le riquiqui / qui / qui / qui a dit que je Devais ? Fous-moi la paix. Lâche-moi. Il est très bien ce pantalon. Elle est très bien cette chemise. Je peux m'habiller tout seul. J'assume. Les conséquences / la responsabilité / les à-valoir à avaler / tout. J'assume tout. Ça va. Ça va.

Annabel : Dis donc. Tu me parles pas comme ça hein sinon moi je pars chez moi, moi.

Alex : Ne me quitte pas, je t'en supplie. Je te parle pas comme ça, pardon, corrige-moi. Plus jamais. Je t'ai blessée. Pas aujourd'hui. Pardon. J'ai tellement besoin de toi aujourd'hui. C'est ma dernière bataille. Tu es mon cuirassé / ma cuirasse / mon bouclier / mon talisman / ma muse / ma ruse / ma folie.

Annabel : Ok. C'est correct. Pas aujourd'hui.

Alex : Demain peut-être tu es libre / mais pas aujourd'hui.

Annabel : Je suis libre ? Demain ?

Alex : Pas demain.

Annabel : Pas demain.

Alex : Jamais demain.

Annabel : Jamais demain je suis libre ?

Alex : Jamais demain. Jamais aujourd'hui. Toujours. On arrête le temps. Je change de pantalon / j'explose Big Ben et je t'emmène sur une île déserte avec des sandwichs.

Annabel : Je meurs sur une île.

Alex : Dans un désert alors.

Annabel : Je suis soif dans le désert.

Alex : Tu es soif ma belle ? Ma belle est soif bédouin. Où est l'oasis la plus proche ? Cette gourde en peau de chèvre pue trop pour ma chérie. J'ai trouvé une source d'eau claire que les chameaux n'ont pas souillée. Vite au bivouac. Mais la piste s'efface. J'ai perdu ma trace — et ma fiancée que j'ai laissée dans les mains des hommes bleus, de quelle couleur sera-t-elle à mon retour ?

Annabel : C'est quoi une gourde ?

Alex : Une fille qui ne comprend rien. Comme toi mon ange. Non mon cœur je plaisante.

Annabel : Dégueulasse.

Alex : Mais non c'est un truc un machin mou – ou dur d'ailleurs on s'en fout – en voyage tu vois ? Très pratique.

Annabel : Non. Tu me moques.

Alex : Mais si je te jure. On met de l'eau dedans, on met ce qu'on veut, n'importe quoi.

Annabel : N'importe quoi. Ok. Alors je te dis n'importe quoi : oui, il y a une critique dans les journals.

Alex : Une critique ? Sur moi ?

Annabel : Tout le monde s'en fout de toi mon cœur. Sur ton livre.

Alex : Quoi ? Où ? Tu l'as ? Tu l'as ? Donne / Donne / Elle est bonne ? Elle est bonne ?

Annabel : Elle est cachée. Demain. Pas aujourd'hui. Aujourd'hui ils arrivent.

Alex : Tu me tues.

Annabel : C'est le pacte.

Alex : Qu'est-ce qu'elle dit ? Elle est nulle elle est nulle c'est ça ?

Annabel : Pas aujourd'hui. Sinon c'est toi qui sors qui vas toi-même.

Alex : Tu sais bien que je ne peux pas sortir depuis qu'il est sorti / que je ne suis pas sorti depuis qu'il est sorti. C'est lui ou moi. C'est toi qui sors pour moi. Tu sais bien. C'est le pacte.

Annabel : Demain tu sortiras.

Alex : De toute façon je m'en fous. Je ne sors pas. Je suis sûr qu'elle est nulle. Il ne fallait rien me dire.

Annabel : On a juré de tout dire.

Alex : Tu me tues. Au pied de la lettre. Tu prends tout au pied de la lettre. À un jour près.

Annabel : C'est pas ma faute, c'est pas ma langue.

Alex : C'est ta faute dans toutes les langues. Apprends à mentir. En français / javanais / sourd-muet peu importe. Tu l'as lue ? Avoue.

Annabel : Non.

Alex : Tu mens.

Annabel : Je t'aime.

Alex : Tu ne l'as pas lue ?

Annabel : Je t'aime.

Alex : Tu mens.

Annabel : Non. Oui. Juste un mot : assassin. Tu veux lire ?

Alex : Non. Ok. C'est bon. Assassiné. Je suis mort. Je me recouche. Éteins la lampe.

Annabel : C'est bien, assassin. Demain, on lira demain. Ils vont arriver. Habille-toi correctement.

Alexandre : Jamais.

Annabel : Assassin c'est ça que tu voulais non ? Non ? Tu veux une chose et puis tu la veux pas. Tu veux je parle et puis tu me tais. Tu cries ton livre et puis tu le caches. Couché tout le jour dans ton lit comme un petit cochon. Tu veux être assassin mais tu veux tuer personne.

Alex : Un petit cochon ?

Annabel : Montrer à tes parents et pas qui voient. C'est pas possible ça hein. Tu veux quoi à la fin ?

Alex : Dormir. Disparaître.

Annabel : Moi je veux un homme vivant.

Alex : Quitte-moi. C'est bon. Je suis mort. Moi aussi. On est quitte. Quitte. Je reste au lit. Fais ce que tu veux. Rentre chez toi ou viens te coucher avec moi. Ferme la porte. Je ne réponds à personne. Ils iront manger une merde en bas. C'est bon. On n'en parle plus. Personne ne lira mon livre. À part toi et Jonathan.

Entre Jonathan.

Scène 2 : un cadeau

Jonathan porte un sac à dos et des chaussures à crampons.

Jonathan : La porte est ouverte. Bravo. Salut. La porte est ouverte.

Annabel : Je sais pas la fermer moi.

Jonathan : Bravo. Je t'embrasse. Salut. La porte est ouverte. Je vais me faire un bifteck. Je reprends ma harissa. Je monte. Bravo. J'ai lu la critique. Tu peux être fier de toi. Belle gueule. Bien. Je ne t'ai pas reconnu. C'est bien. Ça a l'air bien. Ça parle de quoi ? C'est pas très clair l'article.

Alex : De tout. De rien. De moi.

Jonathan : Comment ça ?

Alex : Tu verras. Tiens. Je te l'offre. C'est le seul que j'aie.

Jonathan : Ça, ça me touche. "Avant que tes vers me bouffent". Je t'embrasse. Alex Legrand. Bravo. Assassin. C'est ce qu'ils disent mais je vais le lire. C'est bien. Dans le métro j'aurai le temps, sous la terre on a le temps. Bon, j'y vais, je monte. Ça me touche, tu sais. Je vais peut-être changer de boulot, tu sais. Je croise les doigts.

Alex : Je croise les doigts.

Jonathan : Je peux te poser une question ?

Annabel : Tiens ta rissa.

Jonathan : Ils disent que – comment ils disent déjà – que c'est ta langue – non. Je vais mal le dire.

Annabel : Alors dis pas. Tiens ta rissa. Décroise tes doigts. Attention ça coule.

Jonathan : Ah oui, merci. Sur ta langue, oui, ta syntaxe – ah oui, ça coule – oui, ils disent – elle arrache un peu hein ? – mais tu le liras toi-même – ils disent un truc du genre que – genre que – genre que ça va pas forcément plaire à tout le monde. Genre. Mieux dit. Mais bien. Tu le liras. Mais – je peux te poser une question ?

Annabel : Non.

Jonathan : Ça va pas Alex ?

Annabel : Tu l'as vue l'heure Alex ?

Alex : Tu as vu la gardienne ?

Jonathan : Cerbère ? Non, pourquoi ? Tu veux que je lui montre l'article ?

Alex : Non non non non. Surtout pas. Ne bouge pas. Que ça reste entre nous. C'est la guerre. L'enfer. Les déchets organiques / le tri sélectif tu sais. La poubelle de recyclage / je me battrai jusqu'au bout. Elle le sait / elle me hait. Les indics du syndic / toujours les mêmes / les vieux qui veulent ma peau. Copropriété de merde. Tri de misère. Pas Cerbère. Garde tout ça pour toi.

Jonathan : Quoi ? Tout ça quoi ?

Alex : Tout. Le livre.

Jonathan : Tu veux que ça reste entre nous ? Bon. Combien d'exemplaires ?

Alex : Trois cents.

Jonathan : Ah oui. D'accord.

Annabel : Ça, ça veut pas dire.

Alex : Pour commencer.

Jonathan : Tu peux te racheter. Je t'avance l'argent si tu regrettes. Je plaisante – c'est pas drôle. Ne te fais pas de mauvais sang pour Cerbère. Je crois qu'elle ne lit pas. Ou alors elle oublie. Elle écrit poubelle avec trois L.

Annabel : Ça, ça veut pas dire.

Jonathan : Sa fille, tu sais, la petite, pas celle qui chante le fado, l'autre, je l'aime bien, celle qui se gratte le cou comme ça quand elle parle, et bien elle fait lettres modernes. C'est bien. Je la vois de ma fenêtre. En licence. Elle lit au lit.

Alex : Je suis mort.

Jonathan : Et sa sœur pleure. Elle chante ou elle pleure.

Annabel : Ça, ça veut pas dire.

Jonathan : Quoi ça veut pas dire ? Finis tes phrases s'il te plaît. Déjà que j'ai du mal à te suivre. Tu suis toujours ton cours ?

Alex : Attends Jonathan. Rends-le moi. C'est pas un cadeau. Il vaut mieux que tu l'achètes. Crois-moi.

Jonathan : Comme tu veux. Garde la harissa alors. Je te crois. Tu sais, t'as vraiment pas l'air bien Alex. Ça va ?

Alex : Non — Non non. C'est mes parents.

Jonathan : Quoi tes parents ? Un pépin ?

Alex : Oui.

Jonathan : Grave ?

Annabel : Il les a tués.

Jonathan : Merde.

Annabel : Avec son livre.

Alex : Oui.

Jonathan : Qu'est-ce qu'ils ont tes parents ?

Alex : Ils viennent prendre le thé.

Annabel : Mais il veut pas être assassin.

Jonathan : Je parle à Alex tu permets ?

Alex : Elle dit la vérité.

Annabel : Il me croit jamais.

Jonathan : Qu'est-ce que je dois croire ?

Annabel : Les morts vont se mettre à table.

Alex : Ils viennent prendre le thé.

Jonathan : C'est pas un drame.

Annabel : Si. Moi je suis contente. Ma phrase est finie.

Jonathan : D'accord. J'essaie de comprendre.

Alex : Inutile. Une tragédie familiale comme une autre, aucun intérêt. Je parle d'eux aussi dans le bouquin. Ne perds pas ton temps Jonathan.

Jonathan : C'est pas un drame.

Annabel : Si. Il les dénonce, les jette en pâture.

Jonathan : Comment ça ?

Alex : En prose explosée. Tu connais mon père.

Jonathan : Qu'est-ce qu'il t'a dit ?

Alex : Mais rien, rien.

Jonathan : Où est le problème ?

Annabel : Il y a pas de problème. C'est juste une tragédie. Il y a pas de problème. Actuellement ils viennent comme ça, pour rien, pour voir, aucun rapport, rien à voir, pour me voir moi, pour la première fois, de quoi j'ai l'air dans mon manteau doré – su l'pont de Nantes une bal y est donné, la belle Hélène, tu la connais ? Alex pense que mon existence peut l'aider l'affronter.

Jonathan : L'affronter qui ? Qu'est-ce qu'ils t'ont dit ? C'est quoi le problème ? Je ne comprends pas bien.

Alex : Mais rien, rien. Il n'y a pas de problème. Ils ne m'ont rien dit. Ils ne savent rien. Enfin, je ne sais pas ce qu'ils savent. Je ne sais rien. Ils ne m'ont rien dit tu comprends, je ne peux pas savoir. Je ne leur ai rien dit. Peut-être qu'ils ne savent rien. C'est sûr si je ne leur dis rien. Mais maintenant il y a le bouquin. Ils savent tout de moi. Je ne sais pas ce que je dois dire. Je ne sais pas si je dois dire quoi que ce soit à qui que ce soit d'ailleurs, à eux, ou pas. Pas comme ça en tout cas. Même à toi. Je ne sais même pas pourquoi je te dis ça. En fait je n'ai rien à dire. En fait j'ai tout dit. Je suis naze. Excuse-moi.

Jonathan : Et — un pseudonyme ?

Annabel : C'est lâche, c'est vil, c'est anonyme, il faut signer son crime.

Jonathan : Tu as de ces expressions je te jure.

Alex : C'est trop tard. Elle dit la vérité.

Annabel : Il me croit jamais.

Jonathan : En fait tu ne sais pas s'ils l'ont ou s'ils ne l'ont pas ?

Alex : Lu ?

Jonathan : Oui.

Alex : Si.

Annabel : Non. Un ne sait jamais. C'est pas l'important.

Alex : Si Annabel. Un si. Moi si. Moi je sais. Moi je le sens.

Jonathan : Ah oui. Si, tu dis ? Qu'est-ce tu dis ?

Alex : Les signes ont parlé.

Annabel : C'est une expression : Un c'est Personne.

Jonathan : Je ne te suis pas.

Annabel : Un c'est comme On. C'est comme Personne si tu veux.

Jonathan : Je peux te poser une question ?

Alex : Un dragon de feu / une lune rousse / un raz-de-marée / une tempête de sable / mes draps humides au réveil / la gorge sèche / les yeux collés / le réveil arrêté. Que veux-tu que je te dise ? C'est trop clair, trop limpide. Ils savent tout.

Jonathan : Attends attends. Pas de mauvais sang.

Annabel : C'est joli mauvais sang.

Jonathan : Attends attends. Il n'y pas mort d'homme.

Annabel : Si, il y a actuellement.

Alex : Quelque part il y a.

Jonathan : Où ? Je ne vois pas. Non. Je suis désolé. Je ne vois pas.

Alex : Quelque part.

Jonathan : Où ? Non. Désolé. Tu ne peux pas dire ça. Désolé. Tu ne peux pas dire ça, non. Pas à moi. Désolé Alex. Désolé. Excuse-moi.

Annabel : Désolé pour l'éternité.

Jonathan : Je parle à Alex, tu permets. Tu les aimes mais tu les emmerdes. Tu les emmerdes et tu les aimes. Je ne vois pas le problème. Tu es peut-être le dernier mais tu n'es pas le premier. Exister est un devoir. Dis-leur ça de ma part. Elle m'aime bien ta mère. Je l'aime bien ta mère.

Elle est gentille ta mère. De la part de moi, de ton voisin, de lui, de Jonathan, toc toc, qui marche au-dessus de ta tête.

Alex : Il m'espionne.

Jonathan sort une gourde de son sac à dos.

Alex : Tu m'espionnes.

Jonathan : Bois un coup, ça va passer.

Alex : Une gourde.

Jonathan : En peau de chèvre.

Annabel : C'est ça une gourde ? Elle pue.

Jonathan : Elle ne sent presque plus. Je l'ai échangée contre ma montre, un troc, il y a des siècles, dans le désert, il y a deux ans, un troc, avec un vieux bédouin fasciné par ma trotteuse. C'était la première fois, la première fois qu'il voyait des secondes. Combien de pas fait un chameau en un tour d'aiguille ? Jamais il n'avait vu des secondes. Tu le sais toi ? Pendant sept jours, les yeux plissés, il a compté le vieux. Ça montait, ça descendait, sous nos pieds, autour de nous et il comptait les pas et il comptait les secondes. Le sable, les pierres, les ombres, le ciel, tout autour de nous, tout changeait tout le temps, et il comptait les secondes, les pas, les secondes, les pas, et jamais le même chiffre. Jamais il n'a trouvé le même chiffre. Le septième jour, il se met à tituber. Il ne tenait plus ni debout, ni assis, ni couché, une feuille morte, tu vois. Alors les autres l'attachent sur un chameau. Et ils enfouissent ma montre dans le sable – une Rollex, j'ai rien dit, tu me connais – profond, très profond, on aurait trouvé de l'eau s'il y en avait eu. Mais pas. Alors on a marché. À l'oasis la plus proche ils l'ont laissé, le vieux. Ils le laissent là, comme s'il dormait, mais il était vivant. On est repartis sans lui. On ne m'a fait aucun reproche. J'ai gardé sa gourde. Elle ne sent presque plus mais moi je me sens toujours – comment dire ? je me sens toujours – je ne sais pas – un peu /

Annabel : Français ?

Jonathan : Quoi ?

Alex : Je deviens fou. Qu'est-ce que tu fous avec une gourde en peau de chèvre dans ton sac ? Tu n'as pas le droit. Tu n'as pas le droit de m'espionner. Prends ta harissa et tire-toi.

Jonathan : Tu veux que je me tire ? D'accord. Alors écoute-moi bien Alex, écoute-moi bien, je vais être très clair Alex : je fais de la varappe, je vais être très clair, je viens de Fontainebleau. Que ça soit bien clair entre nous et tu n'y peux rien Alex. Tu as compris ? Dans le désert, c'est comme ça, dans le désert, il faut que tu le saches, j'ai compris quelque chose dans le désert.

Annabel : Quoi t'as compris ?

Jonathan : Ça ne te regarde pas. Que ça soit bien clair entre nous, nous trois, puisque tu es là maintenant toi aussi. Quelque chose.

Maintenant je grimpe, j'escalade, je me hisse, je prends de la hauteur, tous les week-ends et je sais ce que tu penses.

Alex : Mais rien, Jonathan, rien.

Jonathan : Je sais ce que tu penses de ma vie. C'est clair.

Alex : Mais rien, Jonathan, rien. Excuse-moi. Ce n'est rien. Oublie. C'est moi. Je suis un peu anxieux aujourd'hui c'est tout. Crois-moi, je ne pense rien du tout de ta vie. Je m'en fous. Je m'en fous complètement de ta vie. Sincèrement. Ne te pète pas la gueule c'est tout. C'est quoi ton nouveau boulot ?

Jonathan : Pas sûr. Je croise les doigts.

Alex : Tu as des bonnes godasses ? Je croise les doigts. C'est tes chaussures que tu as aux pieds ?

Jonathan : Actuellement ? Oui, tu vois.

Alex : Ah oui. Bonne marque. Bien.

Annabel : Va-t'en, s'il te plaît. Tu nous gênes.

Jonathan : C'est clair. Eh bien je vous laisse. Désolé. Le verbe est action. J'y vais. Allez. Go ! Courage Alex. Don't worry, be happy. Je suis fier de toi. Plus que deux cent quatre-vingt dix-neuf. Je croise les doigts. Je vais l'acheter, je vais le lire, je te dirai.

Alex : Tiens je te l'offre. C'est le seul que j'aie.

Jonathan : Ça me touche. Ça, ça me touche. Je t'embrasse. "Avant que tes vers me bouffent". Je reprends la harissa. Bravo. Mon biftek. Allez, pas de mauvais sang. Tu peux être fier de toi. Je sais que tu voles, tu planes, quand tu veux. Tu les aimes et tu les emmerdes. Déploie tes ailes. Ne bouge pas, la porte est ouverte. Je peux te poser une question ?

Annabel : Va t'en Jonathan. Va à ta fontaine boire ton eau que tes chameaux n'ont pas souillée.

Jonathan : Je t'aime bien mais j'ai du mal à te suivre. Tu suis toujours ton cours ?

Annabel : Petit à petit. Va t'en. Moi je te suis et je te ferme la porte au nez.

Jonathan : Qu'est-ce que tu t'es fait au poignet ?

Annabel : Un pacte.

Alex : Laisse tomber.

Jonathan sort, suivi d'Annabel.

Intermède du bon sens

Alex se déshabille presque entièrement, il garde ses vêtements à la main.

Alex : Un poème, toujours le même :
Je me suis condamné
Damné moi-même,
Mené aux enfers,
Seul.
Marche devant ! et c'est à moi que je parlais.
Un couteau dans les reins.
Vas-y.
Avance.
Descends.
Porté mon cœur dans mes mains.
Le regarder battre,
Exilé, extirpé — Quelle heure est-il ? Oh merde merde. Trop tard. Assume — la voix du bon sens. Je n'ai pas de bon sens. Je l'entends monter l'escalier. J'ai raison d'avoir tort — la voix du bon sens. Avec ses crampons. Et moi je me cramponne à la raison qui m'a poussé à avoir tort et putain j'ai des crampes. Il faut que je me détende.

Scène 3 : une liaison

Entre Annabel.

Annabel : Alex.

Alex : Yes ?

Annabel : Tu l'as vue l'heure ?

Alex : Yes, yes. On a le temps.

Annabel : Tu l'as vu comme il voit lui. Il ne sait pas les choses invisibles. Il mange du sang rouge tous les jours mais il ne voit pas la bête. Il est fou, il marche au-dessus de nos têtes.

Alex : Il m'écoute, il m'espionne, il m'aime. Peut-être qu'il ne m'aime pas et que tout n'est que coïncidences. Où est le plum pudding ?

Annabel : Il se promène dans le frigidaire. Allez debout Alex. Il faut que tu sois prêt.

Alex : Tout près de moi. On a le temps.

Annabel : De moi ?

Alex : De toi. Toi. Lève-moi toi. Viens. Vêts-moi toi. Je ne peux pas. J'ai mal partout. C'est atroce. Je les aime de tout mon cœur. J'ai froid. J'ai une envie de frigidaire. Me mettre en boule dans le freezer. Compter les glaçons. Dormir tout l'hiver. Parler avec les ours. Viens. Masse-moi moi. Un massage. Viens dans le lit avec moi. Viens sur mon radeau. Je veux qu'ils te voient. Peut-être qu'ils ne verront rien. Enlève ton manteau on a le temps.

Annabel : Quand je t'ai vu moi la première fois, tu avais pas peur de rien pas froid aux yeux. J'aime bien pas froid aux yeux. Aujourd'hui tu as froid aux yeux, peur de tout. Froid aux pieds. Où ça tu veux ?

Alex : Là / là / le cou / la tête / en bas du cou / en haut du dos / où tu veux / n'importe où / partout. On a le temps. On les accueille au lit après tout. Après ce que j'ai fait / après ce que j'ai dit / sur eux / sur moi / sur tout. Je peux faire n'importe quoi / leur sauter au cou / les étrangler / les crucifier / les embrasser / leur faire à manger, tout simplement / plum pudding mon ami / bienvenue / bon appétit / puisque j'ai tout trahi je n'ai plus rien à perdre. Il faut que je me détende. Aïe.

Annabel : Ça fait mal ?

Alex : Non non. C'est bien. Il faut que ça fasse mal.

Annabel : Je peux faire plus si tu veux.

Alex : Non non. C'est bon. Aïe. — Qu'est-ce que tu fais ? Tu es belle.

Annabel : C'est dans ta tête.

Alex : Ma belle est dans ma tête. Masse-moi la tête ma belle.

Annabel : Ta belle tête.

Alex : Ma bête tête.

Annabel : Ta belle bêle et tête et tâte et ti tatou tati ta tête.

Alex : La bête et la belle. Ça fait du bien.

Annabel : Laisse tomber dans mes mains.

Alex : Ça fait du bien. Et toi ? Je suis dans ta tête, toi ?

Annabel : Moi je t'aime assassin dans ma tête. Avec tes histoires terribles que tu inventes.

Alex Je n'invente rien. Aïe. Je brise les règles c'est tout. Aïe. Enfin je brise les miennes. Aïe. Je me les brise quoi. Tout seul.

Annabel : Tu sais, moi j'ai pas mes règles encore.

Alex : C'est ça.

Annabel : Tu sais, moi j'ai pas mes règles encore.

Alex : Toi ? Qu'est-ce que tu dis ? Lâche ma tête. Tu ne les as pas ? Où sont-elles ? Pourquoi tu ne les as pas ? Qu'est-ce que tu en as fait ? Pourquoi tu me l'as pas dit ?

Annabel : Je te le dis.

Alex : Lâche je te dis. Depuis combien de temps ?

Annabel : Un siècle.

Alex : Arrête je te dis. Tu me fais mal. Combien de jours ?

Annabel : Je ne sais plus.

Alex : Pourquoi tu me l'as pas dit ?

Annabel : Je te le dis.

Alex : Depuis quand ?

Annabel : Depuis aujourd'hui.

Alex : Tu m'as fait peur.

Annabel : C'est toujours moi qui fais peur. Et tu as peur de la lune aussi hein. Et du vent, des marées, du flux et du reflux, et tu me quitteras si mes règles viennent pas, si elles reviennent pas comme la marée avec la lune.

Alex : J'ai pas envie de parler de ça. Pas aujourd'hui. C'est pas le moment.

Annabel : C'est quand le moment ?

Alex : Demain. J'ai pas envie de parler de ça. Le moment c'est le moment.

Annabel : Et si c'est aujourd'hui ? C'est aujourd'hui que j'ai pas mes règles.

Alex : Tu veux ma mort ? Un jour c'est rien. Pas tout le même jour. Pas aujourd'hui. Je t'aime. Tais-toi. Demain. Elles reviendront demain. Je t'aime Annabel. Tais-toi.

Annabel : Je me tais. Elle se tait. Il lui dit de se taire or donc elle se tut. Elle est douce ta langue. Elle est dangereuse ta langue. Dis-moi une vieille histoire pas drôle en français.

Alex : Un royaume près de la mer ?`

Annabel : Yes.

Alex : Un royaume près de la mer. Une jeune fille, Annabel Lee. Il y a très très longtemps. It was – Toi. Dis toi. Je vais le massacrer moi.

Annabel : It was many and many a year ago,
In a kingdom by the sea
That a maiden there lived whom you may know
By the name of Annabel Lee.

Alex : Et cette jeune fille tu vois / elle ne vivait avec d'autre pensée que de m'aimer et d'être aimée de moi.

Annabel : And this maiden she lived with no other thought
Than to love and be loved by me.
Je me souviens j'ai voulu aimer un homme comme toi.

Alex : En Angleterre ? Quand tu étais petite ? Il avait des grandes dents ?

Annabel : C'était pas un loup. Pourquoi tu dis ça ?

Alex : Les Anglais. Tous les Anglais ont des grandes dents.

Annabel : Je sais pas. Pas moi.

Alex : Montre-moi tes dents. C'est comme ça qu'on choisit les esclaves tu sais. Elles sont belles / fines perles / perles fines. Fais-moi un collier dans le cou avec tes dents. Aïe. J'achète. Je t'achète.

Annabel : Combien ?

Alex : Toute la vie. C'est pas long. Elle et moi.
Un enfant, une enfant,
In this condom by the sea
Un amour plus que l'amour
Moi et mon Annabel Lee. Quel âge tu avais ?

Annabel : Je te dirai pas. J'ai oublié.
I was a child and she was a child.
In this kingdom by the sea ;
But we loved with a love that was more than love
I and my Annabel Lee
With a love that the winged seraphs of heaven
Coveted her and me. Un amour que les séraphins ailés du ciel nous couvaient – couvaient ?

Alex : Convoitaient. Zailés – séraphins zailés. Il faut faire la liaison. C'est moche mais sinon on ne comprend pas.

Annabel : Moi je te comprends pas avec tes liaisons. Je veux pas que tu me fasses chier avec tes liaisons. Je dis comme je veux. Toi tu respectes pas tes règles non plus quand tu cries tes trucs hein. Et tu respectes pas mes règles non plus parce que c'est pas, c'est jamais le moment hein. De toute façon personne comprend les poèmes, personne veut pas comprendre alors personne comprend rien et les poètes ils crèvent fous, sourds, muets, aveugles, froids aux deux yeux, dans son trou, tout seuls, et quand ils sont morts on va les creuser dans leurs tombes qui grouillent avec les vers avec les ongles, et on comprend. Mais c'est plus le moment.

Alex : Tu mélanges tout. Moi je te comprends. Moi je t'aime.

Annabel : Ça, ça veut pas dire.

Alex : Même sans liaison on comprend. Dis comme tu veux / mais eux / ils te corrigeront. Punition. Je crois que tu n'imagines pas.

Annabel : J'ai lu ton livre.

Alex : Justement. Je crois que tu n'imagines pas.

Annabel : Je crois que tu exagères.

Alex : Tant mieux. Tant pis. Je t'aurai prévenue. Mon père est très à cheval sur les liaisons. À cheval sur la grammaire.

Annabel : Pourquoi tu m'as choisie moi alors ?

Alex : À cheval sur ma mère avec ses éperons.

Annabel : Pourquoi tu m'as choisie moi alors ?

Alex : Je ne t'ai pas choisie. Je t'aime. C'est incontournable.

Annabel : À cheval ?

Alex : Il y tient quoi. Des deux jambes. C'est important pour lui. Dis-lui que tu suis ton cours / que tu progresses de jour en jour / que tu m'aimes depuis toujours.

Annabel : Oui mais c'est pas vrai.

Alex : On s'en fout. On ment. On a la paix. On nous fout la paix. Fais gaffe à ton accent.

Annabel : J'ai pas envie. Je peux pas faire gaffe à tout tout le temps. J'ai pas mes règles.

Alex : Tu veux ma mort ? Tu mets ça sur le tapis devant eux je te tue.

Annabel : Tu veux toujours que je mente. Tu dis que tu écris ta vérité et tu mens à tout le monde.

Alex : Je ne vois pas le problème.

Annabel : Eux ils m'aimeront s'ils t'aiment, même si tu les a tués. Et même morts, ils continuent à t'aimer.

Alex : Tu me fais peur. Quelle heure est-il ? Peut-être que le train a déraillé. Une catastrophe ferroviaire, putain, ça fait longtemps. C'était quand la dernière ? Quarante morts d'un coup. Statistiquement ça peut se faire. La beauté du carnage. Atroce statistique. Tant de victimes innocentes.

L'armoire s'ouvre.

Scène 4 : une conquête

Dans l'armoire, Alexandre et Alexandra se tiennent enlacés, magnifiques, magnifiés.

Alexandre : Alexandra, enfin /

Alexandra : Alexandre / Ô, douceur.

Alexandre : J'ai su te conquérir. Enfin.

Alexandra : Prends ! Prends mon cœur.
Prends-le. Il est à toi / à toi qui m'a conquise.
À tes mots à ta voix, moi entière soumise,
En fuite déroutée mon âme rend les armes,
S'évanouit blessée sous les coups sous le charme.
Larmes coulez sans honte coulez sans tristesse,
Coulez dans la blessure insoupçonnée / Détresse :
Ma joie crie ma joie vit ma joie meurt dans tes bras,
Je jouis et je pleure et d'horreur et de joie.

Alexandre : Abdique douce esclave. Il n'y a de conquête
Sans cris / sans batailles / sans larmes / sans défaite.

Alexandra : Défaite oui je suis entière toute à prendre,
Et tu n'a rien vaincu qui ne voulait se rendre.
Ne te flatte donc pas d'avoir su envahir
Une terre / une femme / un être – oui – obéir
Est ma joie, ma victoire. Et tu mépriseras
Ce que tu as soumis / dès demain / malgré toi.
Ce sera ma vengeance.

Alexandre : Et moi mon infamie,
Ma faiblesse / ma règle / ma loi / ma folie.
Complice douce épouse qui sait ma douleur
D'être sans cesse haï / sans cesse être vainqueur.

Alexandra : Oui je sais ta faiblesse mais je t'en conjure
Etouffe-la / Tais-là / Sois fort, abject et dur.

Alexandre : Enfouis ta force et sache et subir et souffrir,
N'expose que tes failles et veille à ton sourire.

Alexandra : Ainsi tous deux à jamais enchaînés,

Alexandre : Rien ne saura jamais nous séparer.

Alexandra : Tout est dit.

Alexandre : Tout est dit.

Alexandra : Dès demain.

Alexandre : Pour toujours.

Alexandra : Pour jamais.

Alexandre : Pour le pire.

Alexandra : Je te hais.

Alexandre : Mon amour.

Alex : C'est atroce.

Annabel : C'est beau.

Alex : C'est la forme.

Annabel : C'est terrible.

Alex : C'est pas fini.

Alexandre : Je te ferai un fils.

Alexandra : Il portera ton nom

Mais en plus court : Alex.

Alexandre : Alex ?

Alexandra : Oui, c'est moins long.

Alex : C'est quoi cette histoire ?

Alex ferme la porte de l'armoire.

Intermède du nouveau monde

Annabel : Ils parlent comme ça ?

Alex : Ils pensent comme ça. Tout est de leur faute. Ils n'y peuvent rien. C'est quoi cette histoire ? – Quel est le sujet ? Qui est le sujet ? Plus de sujet. Moi Moi Moi, Je Je Je. Je parle comme un porc qu'on égorge. Je persiste et je signe : Alex Legrand fils d'Alexandre / le grammairien / le conquérant / racinophile et prosophobe / roi de la métrique qui redresse les clous tordus rien qu'en les regardant. Je ne sais pas ce qui m'a pris. Un horrible doute. Et si c'était toujours la même histoire ?

Annabel : Un pays sans histoire où les gens oublient qu'ils sont nés.

Alex : Ça s'invente.

Annabel : Ça fait peur.

Alex : Un nouveau monde. Le nouveau monde. Tous des nouveau-nés. Ils sont heureux dans leur berceau / ils ne pensent qu'au futur / ils n'ont que des demains et pas d'hier / et ils s'amusent ils s'amusent ils s'amusent. Blancs comme des langes / Légers comme la plume / Gonflés comme des ballons. Ils ont les plus belles dents de la terre. Une bombe pour la liberté. Je ne sais pas ce qui m'a pris. Un chas d'aiguille – je suis un chameau. Il faut que je me console – tout seul je crois.

Annabel : Moi aussi je suis là moi. N'aie pas peur.

Scène 5 : un procès truqué

Annabel ouvre la porte de l'armoire. Apparaissent Alexandre et Alexandra.

Alexandra : Alex. Alex. Chut. N'aie pas peur. Je chuchote – chut chut – je chuchote – je susurre pour ne pas qu'il entende. Il dort. Il rêve à cheval sur l'oreiller. Il parle à la lampe de chevet. Il souffre tu sais. Il rêve à ses conquêtes passées. J'ai pu m'échapper cette fois-ci. Il faut que je te susurre quelque chose. Excusez-moi Mademoiselle, je fais comme si vous n'existiez pas c'est mon fils tant pis pour vous. Un dernier vers pour la route, un secret de femme à douze pieds, tout ce que je ne t'ai jamais dit, tout ce que tu ne sauras jamais, te donner la vie une deuxième fois, écoute-moi bien — Trop tard. Le voilà qui s'éveille. J'enchaîne, j'enchaîne, comme si de rien n'était. Je me racle la gorge, je me gratte le nez. Tu veux mon doigt ? Vous avez remarqué ? J'enchaîne, j'enchaîne, comme si de rien n'était.

Tu auras un enfant, il portera ton nom
Mais en plus court : Al.

Alex : Al ?

Annabel : Al ?

Alexandre : Al. Oui, c'est moins long.

Alexandra : Regardez-la comme elle tremble, pauvre fille, Triste sang, perle fine.

Alexandre : Entre dans la famille. Nous te corrigerons si ta langue s'égare En des lieux interdits, en des contrées barbares.

Alex : Connard. Mais quel connard.

Annabel : Mon père était chinois, ma mère était anglaise. Or, ils sont morts tous les deux il y a très très longtemps. Ensemble ils ont commis un suicide, nul ne sait pas pourquoi Mais j'aime le français parce que c'est difficile Donc j'ai fui l'Angleterre, c'est une belle île belliqueuse Car j'ai très peur de l'eau, j'ai pensé à la Chine Mais je ne suis pas très jaune Donc je suis ici et je n'ai pas mes règles Ni hier Ni aujourd'hui Ni demain Et voilà Et c'est comme ça Et je mets ça sur le tapis, l'appartement me plaît Car Alex veut que je reste Donc j'ai peur qu'Alex me quitte Ou moi je le quitterai.

Alexandra : On dirait / on dirait / on dirait qu'elle récite.

Alexandre : Bien bien. Bien. Bien. Bien bien. Bien — mais un peu trop vite.

Alex : M'a / M'a / M'anéantir / T'a / T'a / T'assassiner A la La / À l'aTTaque ! Pa / Pa / Paralysé Je Je Je / Te défendre en vers et contre tous. Nia nia nia nia nia nia — Quelle fureur me pousse ?

Annabel : Parle normal Alex. Ils sont gentils. Ils sont dans leur armoire.

Alexandre : Faux. Tout est prémédité. Une cour d'assise, vite. Le fils doit tuer le père. C'est bien mon grand. Très original. C'est quoi cette histoire ? Regarde mes dents. Tu as de la chance que je sois mort. Tes poèmes sans tête sans queue. Ta queue sans tête. Ta tête sans queue. Tes phrases courtes rien que pour me faire chier. Regarde mes dents. C'est bien mon grand. Tes phrases sans verbe. Tu veux que je te corrige ?

Alexandra : Alexandre Alexandre Alexandre Alexandre ! J'ai mes taches jaunes devant les yeux !

Alexandre : Qui c'est celle-là ? Antimite ! Sortez-là. Tout est prémédité.

Alex : Faux. Je n'ai rien prémédité. Je les ai à peine touchées. Dégrafées juste un peu. Ecoute-moi écoute-moi papa. Papa écoute-moi. Crois-moi / elles étouffaient je te jure — corsetées d'adjectifs obscènes si appropriés. Mes yeux / ma peau voulaient parler. Ils n'avaient pas de mots. J'ai cherché ailleurs.

Alexandre : Ta gueule. Chancre mou. Cataplasme.

Alexandra : Ô dieux ! Ô dieux zodieux oh ! Ô zo – Ozou – Ozourd'hui – zourd O zour d'aujourd'hui oh. Qui parle ? C'est moi ? C'est moi ! C'est moi qui parle ! Entendez-moi ! Entendez-moi ! Entendez-moi !

Alexandre : Malade cette femme. Sortez-là de l'audience. Tire-toi.

Annabel : I was a child and she was a child.

Alexandre : Que dit la victime ?

Annabel : In this kingdom by the sea.

Alexandra : Attendez-moi – Tendez-moi – Tant d'émoi – Des mois des mois tant de mois / neuf mois ? Neuf mois dans moi / je t'ai porté dans moi / et moi / et moi / et moi ?

Alexandre : Cette avocate hystérique ressemble furieusement à ma femme.

Alex : Faux. Je n'ai rien prémédité. Je l'ai à peine touchée. Juste dégrafée, elle étouffait / corsetée / obscène / appropriée. J'ai vu / touché. Pour dire. J'ai cherché. Ailleurs.

Annabel : In this kingdom by the sea. In her tomb, by the sounding sea.

Alexandre : Elle va se taire cette salope. Allitération de rosbif. Œcuméniste. Vache folle.

Entre Jonathan.

Scène 6 : par la fenêtre

Alexandre et Alexandra rentrent précipitamment dans l'armoire.

Jonathan : J'ai frappé. La porte est ouverte. Salut. Re. J'ai frappé. La porte est ouverte.

Annabel : Je sais pas la fermer moi.

Jonathan : J'ai pensé à quelque chose. Je peux entrer ?

Annabel : Non, mais c'est trop tard.

Jonathan : Oui, j'entends du bruit, je frappe. Toc toc. Vous ne m'entendiez pas ?

Alex : On ne peut pas tout entendre tout le temps Jonathan.

Annabel : Dans ton pays quand des gens ils s'aiment on les sépare ?

Jonathan : C'est où déjà ton pays ?

Annabel : In a kingdom by the sea. Tu veux voir mon passeport ?

Alex : Laisse tomber Jonathan.

Jonathan : Ok. J'ai pensé à quelque chose. C'est peut-être pas une bonne idée.

Alex : C'est peut-être pas une bonne idée.

Annabel : C'est pas une bonne idée.

Jonathan : Oui, je sais. C'est peut-être pas une bonne idée mais j'ai pensé à quelque chose. Témoin, ou prise de terre, je ne sais pas, je peux peut-être servir à quelque chose, faire diversion, un cake au gingembre, frapper à l'improviste, toc toc, comme par hasard, salut c'est moi, elle m'aime bien ta mère, je l'aime bien ta mère, elle est gentille ta mère, elle sourit tout le temps ta mère, elle veut faire plaisir à tout le monde. Hein c'est vrai ?

Annabel : C'est vrai ?

Alex : C'est vrai.

Jonathan : Hein c'est vrai ? C'est vrai ça sent le moisi. Des fois ça sent le moisi la famille, faut aérer, un copain qui s'amène, tu te souviens ? De l'air frais, on ouvre la fenêtre, oui, par la fenêtre, ça serait drôle. Je peux même entrer par la fenêtre, la tête en bas, j'ai tout ce qu'il faut, corde, pitons, rations de survie, je les distribue à tout le monde, ça peut être drôle, un peu d'air frais et ça change tout, enfin ça peut. J'ai pensé à ça. Voilà. C'est à ça que j'ai pensé. C'est comme tu veux. Tu y penses. Tu sais où je suis. J'ai du gingembre. Tu fais toc toc et je descends, c'est comme tu veux. Je peux passer par la porte aussi bien. C'est toi qui dis.

Alex : C'est sympa Jonathan. Mais je ne crois pas que je vais faire toc toc cette fois-ci. Je sens qu'il faut que j'arrête de faire toc toc.

Jonathan : C'est toi qui dis. Si tu veux juste le cake.

Annabel : J'ai le plum pudding. Laisse tomber.

Jonathan : C'est quoi ?

Alex : C'est lourd déjà. Un truc à Annabel. Un truc qu'ils ne connaissent pas. Comme ça ils ne comparent pas.

Annabel : Ça, ça veut pas dire.

Jonathan : Comme tu veux. C'est toi qui dis. Allez, je monte. Ne bougez pas.

Jonathan sort.

Scène 7 : une maison avec des murs qui ferment

Annabel : C'est un vampire.

Alex : Il est sympa.

Annabel : C'est un vampire. Il suce ta vie.

Alex : Il est gentil. J'ai l'habitude.

Annabel : Il veut ta peau. Il veut ta vie.

Alex : Il me rassure. Il ne sait pas ce qu'il veut. Il est pire que moi. Un cadeau du ciel. Dix mille fois pire que moi. Je le regarde et je me vois / tel que je suis / tel que je ne suis pas / dix mille fois pire dans les deux cas. Il m'aime tellement. Il me fait honte. C'est dur à dire il me fait pitié. Je l'aime bien. L'illusion d'avoir choisi ma vie. Une aubaine. Ça n'a pas de prix. Tout ce que ça me coûte : quelques toc toc et croise les doigts.

Annabel : Il faut qu'on vive ensemble, ailleurs.

Alex : In a kingdom by the sea ?

Annabel : Une vraie maison avec des murs qui ferment. Ailleurs. Il faut qu'on quitte ici, j'ai peur. Les portes ferment pas, il veut entrer par la fenêtre.

Alex : Il déconne.

Annabel : Il y a rien qui ferme ici. Et puis il y a même pas de table pour prendre le thé, même pas de théière pour faire le thé et j'ai pas de thé.

Alex : Tu n'as pas apporté la tienne ? C'est pas vrai. Tu m'as fait ça ? Qu'est ce qu'on va faire ?

Annabel : J'ai ma théière mais j'ai pas de thé. La liste de courses j'ai oublié.

Alex : Je les vois d'ici. Je les vois d'ici. On n'a rien. Il faut que le train déraille. On n'a rien. Ils survivront c'est promis. A peine contusionnés c'est juré. On ira les voir à l'hôpital avec des gâteaux. On n'a rien. On n'a pas de place / on n'a pas de chaise / on n'a pas de thé. J'avais complètement oublié qu'on n'avait rien.

La porte de l'armoire s'ouvre.

Scène 8 : le pique-nique

Alexandre et Alexandra sortent de l'armoire avec un panier pique-nique. Dans le panier, un os et une salière, une nappe indochinoise.

Alexandra : A table !

Tous : Bon appétit.

Tous : Merci.

Alexandre : Passe-moi le sel.

Alexandra : Merci qui ?

Alexandre : Merci mon chien.

Tous : Ah ! Ah ! Ah !

Alex : On est bien chez soi.

Alexandre : Bravo crétin. Tu ne fais rien de bien. Je suis fier de toi.

Alexandra : Comme il est beau. Ô, il fait le beau.

Alexandre : Assis debout couché. C'est mon fils. Passe-moi le sel.

Alexandra : Chair de ma chair, sang de mon sang. Merci qui ?

Alexandre : Merci mon chien.

Tous : Ah ! Ah ! Ah !

Alexandre : Pour qui cet os ?

Alex : C'est pour maman.

Alexandre : Ronge ma vieille. C'est bon pour tes dents.

Alex : J'aime les pique-nique. Je vous aime. Je vous nique. Ça change de l'ordinaire.

Alexandre : Pour qui cet os ?

Alex : C'est pour papa.

Alexandre : Perdu ! C'est pour toi. Une grosse merde sur ton nez ! Gratte-moi le dos, t'as vu mon pied ?

Tous : Ah ! Ah ! Ah !

Alex : Vous êtes merveilleux. Nourriture exquise. Cet os est le plus beau jour de ma vie. Tulipes vermillon vos corolles ouvertes invitent à la splendeur.

Alexandra : Gentil Beau Intelligent, sang de ma chair, chair de mon sang. Brillant, si brillant, firmament, mon étoile ombilique, mon gros spoutnik / mon petit garçon deviendra grand / grand / grand / m'enlèvera — lever du coucher / bordé – débordé / à l'aube du soleil / dans l'aurore toute nue / moi la poubelle / la poubelle des mamans / m'arrachera à la terre / avec mes deux poignées / poignées d'amour mon grand / me chargera dans sa benne / m'emportera dans sa décharge.

Alexandre : Toi tu fermes ta gueule. La nature est un temple où de vivants piliers.

Un ange passe.

Annabel : Un ange passe. C'est moi. Je passe. Je suis un ange. Je vole, pour moi, pour personne, tombée du nid, plum pudding, je pique les miettes, je brasse la cage, j'ai oublié le thé, exprès. L'ange est passé. J'ai fini ma phrase. À toi Alex.

Alex : Je ne sais plus quoi dire.

Annabel : Dis quelque chose de gentil.

Alex : C'est quoi gentil ?

Annabel : Qui fait plaisir à tout le monde.

Alex : C'est quoi tout le monde ?

Annabel : Qui mange pas de pain.

Alex : J'ai une idée. J'ai faim J'ai faim J'ai faim.

Alexandra : Y'a Y'a Y'a. Y'a Y'a Y'a. Prends Prends Prends. Y'a Y'a Y'a. Mange ! Mange ! Y'a Y'a. Tiens Tiens. Bouffe Bouffe Bouffe.

Alex : J'étouffe. J'étouffe. Merci maman.

Alexandre rote.

Alexandre : Amdullilah !

Tous : Ah ! Ah ! Ah !

Alexandre : Vive Charles Martel !

Alex : On est bien chez nous.

Alexandre : Un bon petit thé maintenant.

Alex : Tu as oublié ? Qu'est ce qu'on va faire ? Comment on va faire ?

Annabel : J'ai oublié. J'ai pas fait exprès.

Alex : Me faire ça à moi.

Alexandra : Pleure, pleure mon chéri.

Alexandre : Un bon petit thé maintenant, petit thé maintenant, petit thé. Petit thé. Petit thé ? Alors ? Ça vient ? Non ? — Il ne se passe rien ? — Il ne se passe rien. — Tout le monde me regarde. C'est encore de ma faute, c'est ça ? — Je fais peur à tout le monde. Le public me hait. — Tout le monde me hait c'est ça ? — Bon. Je rentre. Viens femme. Viens Chérie. — Viens. On rentre.

Alexandre et Alexandra rentrent dans l'armoire.

Scène 9 : le ménage

Annabel : On fera du café.

Alex : Jonathan. Vite. Il a du thé à la menthe. Vite. Vite. Je vais faire toc toc. Non. J'ai dit que j'arrêtais de faire toc toc. Tu as raison. Je suis ridicule. On fera du café. Tant pis. Où est le balai ? Où est le balai ? Je veux balayer. Un coup de balai. Il y a des moutons sous le lit. Ils vont sauter sur le tapis.

Annabel : Laisse-les pisser. Laisse-les sous le lit. Ils ne bougeront pas.

Alex : Tu ne les connais pas. Un courant d'air et hop / L'appel de la pampa.

Annabel : Tu ferais mieux de t'habiller. Tu l'as vue l'heure ?

Alex : J'en peux plus de cette réplique. Qu'est-ce qu'il fait sous le lit le balai ? C'est toi sorcière ?

Annabel : Pour plus que tu fasses toc toc avec. Pour la dernière fois. Habille-toi, je garde tes moutons.

Alex : Il était une bergère. Tu la connais ?

Annabel : Non.

Alex : Tu as raison. On fera du café. Il est joli ce tapis. Ça va bien se passer. Je leur offre le livre. J'ai changé les noms. J'ai tout inventé. Donne-moi la critique. J'ai envie de la lire. Calme très calme. Tout ça n'a plus d'importance. Donne. Ce qui est fait n'est plus à faire. Plus mon histoire / plus mon affaire. Ils vont arriver.

Calme très calme. Je suis content de les voir.

Annabel : Je ne sais plus où je l'ai mise.

Alex : C'est bien. Demain. Je suis sûr que tu vas leur plaire.

Annabel : Je suis plus une bergère.

Alex : C'est Jonathan qui m'inquiète.

Annabel : Alex, il faut que je t'inquiète un jour. Il y a quelque chose en moi qui veut te dire. Notre radeau il ne tient plus. Il flotte sur des eaux mortes, il ne sent plus la marée sous lui, plus de vagues qui le portent. Moi je suis déjà morte il y a longtemps, in a kingdom by the sea, je t'ai déjà raconté l'histoire, c'est pas moi qui l'ai écrite même si c'est mon histoire, je t'ai menti, et aujourd'hui je me ressuscite mais tu vois pas. J'attendais que tu te délivres, mais ça marche pas.

Alex : Pourquoi tu me dis ça aujourd'hui ?

Annabel : J'attendais que tu aies fini ton livre.

Alex : Depuis longtemps c'est fini. Pourquoi aujourd'hui ?

Annabel : J'attendais qu'il soit sorti.

Alex : Il est sorti. Je suis délivré. Regarde je suis habillé. Je te plais ?

Annabel : J'attendais que le temps passe. C'est fini. Il a pas passé.

Alex : Tu veux un enfant c'est ça ?

Annabel : Je ne sais pas. J'ai peur. J'ai pas l'habitude. J'étais toujours toute seule.

Alex : Seul.
Un poème, toujours le même.
Le regarder battre,
Exilé, extirpé — Le temps est passé. Mon exilée.
Tu veux me quitter ? Pourquoi ? On n'est pas comme les autres.

Annabel : Personne est comme les autres. Ça marche pas comme ça. On est tous comme les autres. C'est le jour qui est pas comme les autres.

Alex : Tu sais tout de moi. Qu'est-ce que tu vas en faire ?

Annabel : Je ne sais pas. Je n'ai pas l'habitude.

Alex : On remonte le temps ?

Annabel : On a déjà essayé. Ça marche pas.

Alex : On met tout sur le tapis. On ferme les fenêtres / les portes / les armoires / on met de la musique et on danse ? D'accord ?

Annabel : Je ne sais pas.

Alex : Si tu sais. Tu sais danser. Tu danses comme personne. Je veux te voir danser.

Annabel : Tu ne vois que toi. Comme personne.

Alex : C'est ça que tu aimes en moi.

Annabel : C'est pour ça. Je veux une autre histoire.

Alex : Sans moi ?

Annabel : Je ne sais pas.

Alex : Avec moi ?

Annabel : Je ne sais pas.

Alex : Moi je sais pour toi.

Annabel : Ça marche pas comme ça.

Alex : C'est le pacte. Tu sais pour moi je sais pour toi.

Annabel : Je sais pas moi.

Alex : — Qu'est-ce qu'il s'est passé Annabel ? Qu'est-ce qu'il se passe ?

Annabel : Je sais pas.

Alex : Tu me fais peur.

Annabel : Je sais. C'est toujours moi qui fais peur. Je suis fatiguée. J'ai la nausée. J'ai mal au cœur. Ici ou ailleurs.

Alex : Où ? Là ? Maintenant ? Couche-toi mon trésor.

Annabel : Je sors. Je vais marcher. Il faut respirer.

Jonathan est là, le livre à la main.

Jonathan : Je suis là. Pourquoi tu dis que c'est pas un cadeau ?

Alex : Je dis n'importe quoi Jonathan. Attends Annabel.

Jonathan : Tu t'en vas ?

Annabel : Non, je reviens.

Alex : Annabel attends.

Jonathan : Je vous laisse.

Alex : Ne t'en va pas.

Jonathan : Tu veux que je reste ?

Alex : Je parle à Annabel tu permets.

Jonathan : Pourquoi tu dis que c'est pas un cadeau ?

Alex : Annabel /

Annabel : N'aie pas peur, je reviens.

Alex : Attends-moi.

Jonathan : Je vous attends.

Jonathan reste seul.

Jonathan : C'est vide ici — Il n'y a rien — Je n'avais jamais remarqué — D'où il sort ce tapis ? — Il est pourri son lit — C'est pas bien ce que je fais — Et dans son armoire ? — Rien — C'est quoi son histoire ?

Il ferme les yeux, ouvre le livre, ouvre les yeux, et lit.

Jonathan : *Mon cœur Son cul*
Leurs plaies ouvertes (Promiscuité)
Madame Machin vous savez bien
Madame Machin a glissé d'dans
Dévalée
Avalée la rambarde / Prise entre deux barreaux
Brisée
La gorge nouée
Les chiens de palier reniflent sa tristesse
Au-dessus de sa tête rêve de rêve de rien Albert Albert

Albert sauteur à l'élastique
C'est tout ce qu'il saute
La tête en bas
Un élastique.
Albert Albert ? — Albert — Albert ? —
Vampire. Salaud.

Entrent Monsieur et Madame Legrand.

Scène 10 : de la souplesse

Alexandra : On entre. La porte est ouverte. On entre. Bonjour, bonjour. Alex ? Bonjour. Alex n'est pas là ? Mais on se connaît ? Mais oui. Je vous reconnais. Mais si bien sûr. Vous êtes venu à la maison, à Noël, il y a deux ans. Vous veniez d'un grand raid ou je ne sais quoi, par contre je ne sais plus où. Mais oui bien sûr. Évidemment. C'est ça. Tu te souviens Alexandre ?

Alexandre : Évidemment. Vous êtes le voisin d'Alex. Nathan. Du dessus.

Jonathan : C'est ça.

Alexandre : Alex n'est pas là ?

Jonathan : Je l'attends.

Alexandre : Allons bon. Quelle heure est-il ? On est à l'heure pourtant.

Alexandra : Et bien on l'attend.

Alexandre : Allons bon. Mais il est passé où ?

Jonathan : Il est sorti.

Alexandre : Il est sorti. Allons bon.

Alexandra : Et bien on l'attend. Et vous Nathan ? Vous en êtes où ? Vous cherchiez quoi déjà il y a deux ans ? Oui du travail évidemment. Vous attendiez, c'est ça. Mais si bien sûr. Je me souviens. Vous en êtes où ?

Jonathan : J'attends.

Alexandra : Mais quelle époque. Un beau gaillard comme vous avec votre tête comme ça. Vous n'avez rien trouvé nulle part ? Mais quelle époque. Rien ?

Jonathan : Si. Mais je change.

Alexandra : Ah oui ? Vous étiez déjà dans quelle branche?

Jonathan : Je change de branche.

Alexandre : Je vois. Plusieurs casquettes.

Alexandra : Ah oui ? Et bien voilà. C'est ça. C'est ça, c'est ça, maintenant. Il faut s'adapter. On n'a plus le choix. C'est ça maintenant. Changer de branche. C'est ce que je disais à mon mari. On n'a plus le choix. On n'a que l'embarras du choix. C'est ça qui a changé. C'est l'embarras. Ça m'aurait plu. Quelque part ça m'aurait plu. À l'époque. Je ne parle plus de maintenant. Il faut être souple maintenant. Souple. Pour sauter comme ça de branche en branche. Vous êtes sportif vous au moins.

Alexandre : Plusieurs casquettes.

Jonathan : Votre dinde farcie madame. Un des plus beaux jours de ma vie.

Alexandre : Allons bon.

Alexandra : Ah oui ? Ça me ravit.

Jonathan : Votre île flottante madame.

Alexandra : Ah oui oui.

Alexandre : Exact. Elle flotte bien l'île de ma femme. Tout le monde s'en souvient.

Alexandra : Tu exagères. Vous êtes sportif Nathan.

Jonathan : Je fais de l'escalade maintenant.

Alexandre : Je vois. Plusieurs casquettes.

Alexandra : Vous êtes prudent quand même ?

Jonathan : Je ne sais pas. J'aime bien. Ça me fait du bien. Je sais que c'est difficile à comprendre mais là-haut je suis bien.

Alexandra : Ah oui oui.

Alexandre : Bon. Il est où ton fils ?

Jonathan : Il vous attendait. Je monte. Je vous abandonne.

Alexandra : C'est ça. À plus tard Nathan.

Jonathan : Oui, c'est ça.

Jonathan sort.

Scène 11 : un mauvais ange

Alexandre : Non vraiment.

Alexandra : Oui oui je sais mais que veux-tu.

Alexandre : Tu ne t'es pas trompée de jour ?

Alexandra : Pas plus que toi.

Alexandre : Tu crois qu'il a oublié ? Tu crois qu'il nous a oubliés ?

Alexandra : Ce n'est pas possible. Pas lui.

Alexandre : Des fois j'ai des doutes.

Alexandra : Pas toi. Ce n'est pas possible.

Alexandre : Mais qu'est-ce qu'il fait bon sang ? On a l'air de quoi ? Même pas une chaise, même pas un mot d'excuse. On ne sait rien. Il laisse sa porte ouverte, comme ça, à tous vents, à tout va. Je te jure. Remarque qu'il n'y a rien à voler ici. A part le tapis. Et encore. Ça vient d'où, ça, d'ailleurs ? Et sa chinoise, elle est où ?

Alexandra : Elle est anglaise j'ai crû comprendre.

Alexandre : Non mais c'est vrai ce n'est pas correct. À moins qu'il nous ait oubliés. Ça serait d'un goût. Il est d'un goût ce tapis. Bon. Tant pis. Je vois. Rien à voler. Même pas le tapis.

Alexandra : Tapis volé. Tapis volant. Rien à ranger. Qu'est ce que je vais faire en attendant ? Il doit bien avoir un balai quelque part. Quelque part, mais où ?

Alexandra trouve sous le tapis la critique découpée.

Alexandre : Qu'est-ce que c'est que ça ?

Alexandra : Alex. Dans le journal.

Alexandre : C'est qui ?

Alexandra : Ton fils.

Alexandre : Donne. Donne.

Alexandre prend la critique et lit.

Alexandre : *Alex Legrand. Assassin.* Allons bon. Qu'est-ce qu'il a fait encore ? *Avant que tes vers me bouffent.* Allons bon. *Une langue nauséeuse et vitale arrivée à son dernier stade de déstructuration putréfactoire où l'auteur s'expose lui-même comme sujet, s'immole littéralement dans un JE expiatoire, entraînant dans son sacrifice tragico-comico-barbare toutes les excroissantes boursouflures familiales. Assassin. À découvrir.* Bon.

Alexandra : Il est sorti quand ?

Alexandre : Qui ?

Alexandra : Ce journal.

Alexandre : Aujourd'hui.

Alexandra : Donne. On le reconnaît bien sur la photo.

Alexandre : Il t'en a parlé de ce livre ?

Alexandra : Il m'a dit d'apporter la salière de grand-mère. Où est-elle d'ailleurs ?

Alexandre : Qui ?

Alexandra : Pourquoi ? Je ne sais pas. J'espère que je ne l'ai pas oubliée. J'aurais préféré lui en offrir une neuve.

Alexandre : Il t'en a parlé de ce livre ?

Alexandra : Hein ?

Alexandre : Ce livre. Il t'en a parlé ?

Alexandra : Mais non. Qu'est-ce que j'aurais pu en faire ?

Alexandre : De quoi ? Quoi tu dis qu'il t'a dit ?

Alexandra : Rien. Je te dis qu'il ne m'a rien dit. Tu es sourd ou quoi ? Je n'ai rien dit.

Alexandre : Mais toi, il te parle à toi.

Alexandra : De quoi ?

Alexandre : À toi. Toi. Il te parle à toi, toi. Je te dis.

Alexandra : Quoi encore moi ? Mais rien, rien. Toi toi. Je ne suis pas sourde. Je te l'aurais dit. Il ne me dit plus rien si tu veux tout savoir. Je ne lui pose plus de questions.

Alexandre : Comme ça on est bien avancés.

Un ange passe.

Alexandra : Regarde dans l'armoire. Il a peut être un ou deux exemplaires quelque part.

Alexandre : Ce n'est pas correct. Je respecte. Non. Il n'a rien dit. Je respecte.

Alexandra : Comme ça on est bien avancés.

Alexandre : Qu'est-ce que tu dis ?

Alexandra : C'est de ta faute. Tu ne lui as rien dit sur son dernier livre.

Alexandre : Mais si.

Alexandra : Rien dit de bien.

Alexandre : Rien de mal. Tant pis. Il est grand. Je suis fatigué. Ma faute. Tout est de ma faute. Évidemment. Je m'assois sur le lit. Il est pourri son lit.

Alexandra : J'aurais préféré lui en offrir un neuf.

Alexandre : Bien pourri.

Alexandra : Il a fait son temps comme on dit.

Alexandre trouve un petit bout de papier sur l'oreiller. Il lit.

Alexandre : *Plum pudding* – qu'est-ce que c'est ?

Alexandra : Un cake ancien. Victorien je crois. Un truc anglais en tous cas.

Alexandre : Allons bon. Une punition.

Alexandra : Donne. J'en ai goûté une fois – *Plum pudding*. Donne.

Alexandre : Attends. *Pressing*. Ça c'est un mot anglais, ça.
Pressing
Passe à la presse au cas où (in case of). Yes, yes, je vois. C'est à son Anglaise.

Alexandra : Elle est chinoise j'ai crû comprendre. C'est l'écriture d'Alex.

Alexandre : Il écrit comme un cochon. Qu'est-ce qu'on va manger ? *Beurre déchiré.* É-chiré.

Alexandra : A l'échirée ?

Alexandre : É-chiré on dit. Beurre É-chiré.

Alexandra : En baratte. À la motte. Cru moi je dis.

Alexandre : Qu'est-ce que tu dis ?

Alexandra : Rien rien. Continue.

Alexandre : *Fil dentaire*
PQ (recyclé please)
Racheter du thé
leurs fautes
ma conduite
leurs péchés
des serviettes en papier (with flowers – si tu trouves – to dry the smile of my mother's face, to wet the tears of my father's soul)

Alexandra : Donne.

Alexandre : Attends.

Il retourne la feuille et lit.

Alexandre : *Un poème, toujours le même :*
Je me suis condamné
Damné moi-même,
Mené aux enfers,
Seul. Marche devant ! et c'est à moi que je parlais.
Un couteau dans les reins.

Alexandra : Continue.

Alexandre : *Vas-y. Avance. Descends.*

Porté mon cœur dans mes mains.
Le regarder battre,
Exilé, extirpé.

Alexandra : Donne.

Alexandre : N'y touche pas. Ça ne nous regarde pas. Saloperie d'escaliers. Donne-moi mes cachets. C'est la dernière fois. Tu le lui diras.

Alexandra : Allonge-toi. Ça va passer.

Alexandre : Ça ne passera jamais. Où sont-ils ? Cherche.

Alexandra : Ça va passer. Ferme les yeux.

Alexandre : Je vois. Tu as oublié.

Un ange passe

Alexandra : *Exilé, extirpé.* Où ? Je le sentais. Qu'est-ce qu'elle lui a fait ? Mon petit gars. *My mother's face.* Où est-il ?

Alexandre : Qu'est-ce que tu marmonnes ? Laisse cette saloperie de liste de je ne sais quoi. *Fil dentaire.* Ben voyons. Quelle heure est-il ? — Personne ne répond. Évidemment.

Un ange passe.

Alexandra : Alexandre tu dors ?

Alexandre : Où sont mes cachets ?

Alexandra : Avec la salière.

Alexandre : Tu veux ma mort ?

Alexandra : Dans le même sac je crois.

Alexandre : Regarde dans l'armoire.

Alexandra : Ah non. Ah ça non. Impossible.

Alexandre : Je m'en fous. Cherche partout.

Alexandra : Alexandre. Regarde. Là. Il est là.

Alexandre : Où ?

Alexandra : Il est là. Je le vois.

Alexandre : N'y touche pas. Prends-le. À moi. Donne.

Alexandra donne à Alexandre le livre qu'a laissé Jonathan en partant.

Alexandre : *Avant que tes vers me bouffent.*

Alexandra : C'est de la poésie. N'y touche pas. C'est mieux. C'est de la poésie. Attends qu'il nous en parle.

Alexandre : *Tout sera oublié, rien ne sera pardonné,* une citation, pas de lui. *Aux coupables et aux victimes, que leurs poussières mêlées n'assèche pas la terre.*

Alexandra : À qui ?

Alexandre : Une épithaphe.

Alexandra : Une dédicace ?

Alexandre : *Quel est le sujet ? Qui est le sujet ? Plus de sujet. Moi Moi Moi, Je Je Je. — Je parle comme un porc qu'on égorge — Ornicar, putain !* Bon. Je vois le genre. Il n'y même pas de numéros de chapitres. Il n'y a même pas de chapitres. Il n'y a rien. Rien. Des gros tirets à la place des points. Très original. Je vois. Désolé mon grand. Je ne vais pas avaler n'importe quoi. Pas aujourd'hui. C'est pas le moment.

Un ange passe. Alexandra prend le livre.

Alexandra : Il ferme les yeux. J'ai fait une erreur quelque part. Je parle toute seule. Un petit soliloque comme on dit. On ne peut pas tout retenir. J'ai oublié. Tout coule. Tout file. Tout s'écoule. Mon petit gars, lui au moins —

Alexandra ferme les yeux, ouvre le livre, ouvre les yeux, et lit.

Alexandra : *Sang de ma chair, chair de mon sang. Brillant, si brillant, firmament, mon étoile ombilique, mon gros spoutnik / mon petit garçon deviendra grand / grand / grand / m'enlèvera — lever du coucher / bordé – débordé / à l'aube du soleil / dans l'aurore toute nue / moi la poubelle / la poubelle des mamans /*

Alexandre : *Toi, tu fermes ta gueule. La nature est un temple où de vivants piliers.*

Alexandra : Â — Â — Â

Alexandre : Qu'est-ce qu'il y a ?

Alexandra : C'est toi ?

Alexandre : Qu'est-ce qu'il y a ?

Alexandra : C'est toi ? Rien. Rien. C'est moi. J'entends des voix. C'est moi. Tu as entendu ? Ça y'est. J'ai mes taches jaunes.

Alexandre : Qu'est-ce que tu fais ? Ferme ça vite fait – si il arrive – remets-le à sa place nom de dieu.

Alexandra : Pousse-toi que je m'assoie.

Alexandre : Tout de suite les grands mots / Les grands chevaux / Â — Â — Â / Les taches jaunes / Moi aussi figure-toi moi aussi / et je n'en fais pas un plat. Lâche ça. Prendre le thé. Je suis venu ici prendre le thé. On ne sait pas qu'il est sorti. On ne sait rien. On l'attend ce petit crétin.

Alexandra : Les grands mots ? Quels grands mots ? J'y vois tout flou.

Alexandre : Allonge-toi ça va passer. N'oublie pas qu'on ne sait rien.

Intermède cyclonique

Alexandre : Ça va ?

Alexandra : Non.

Alexandre : Rapproche-toi.

Alexandra : Non.

Alexandra : On est dans l'œil du cyclone.

Alexandre : Il y a des règles à respecter.

Alexandra : Je sens le temps. Hier /

Alexandra : Alexandre.

Alexandre : Quoi ?

Alexandra : Tu sais /

Alexandre : Quoi ?

Alexandra : Tu vas hurler.

Alexandre : Non.

Alexandra : Si.

Alexandre : Bon.

Alexandre : La guerre est déclarée ? — Personne ne répond. Évidemment.

Alexandre : Trop vite. Mon cœur.

Alexandra : Et si /

Alexandre : J'écoute mon cœur.

Alexandre : Je sais. C'est vous.

Alexandra : Moi ?

Alexandre : Vous. Toi. On ne garde rien de ce qu'on tutoie. Ne me colle pas.

Alexandra : C'est le lit. Et si /

Scène 12 : la dernière bataille

Alexandre : Je n'ai pas envie de parler de ça. Il y a des règles à respecter. Papa est en bas qui fait du chocolat maman est en haut qui fait du lolo. Où sont les billets de retour ?

Alexandra : S'il avait eu un accident ? Il faut que j'appelle.

Alexandre : Appeler qui ? Tu vas où ?

Alexandra : C'est tombé sur nous, c'est tout. Je le sens. Il faut que je bouge. Il faut que j'appelle. Il faut que j'agisse. Encore cinq minutes. Le monde change.

Alexandre : Pas moi. Tout est sens dessus dessous. Très bien. Je l'attends au lit. Qu'est-ce que tu cherches ?

Alexandra : Le balai.

Alexandre : Qu'est-ce que tu crois ? Que je ne sens rien ? J'ai un cœur comme tout le monde.

Alexandra : Il est au courant. Je le lui ai dit au téléphone.

Alexandre : Qu'est-ce que tu lui as dit ?

Alexandra : Que tu avais un cœur comme tout le monde.

Alexandre : Il avait l'air inquiet ?

Alexandra : Il a ri. Gagné. Sous le lit. Je balaye cinq minutes et j'appelle.

Alexandre : Je vois. C'est bien ma vieille. Après le repos, le travail et réciproquement, et pas écrire au lit la nuit, non, non, non, non mon petit cochon, des choses exotiques sur l'oreiller. Imposer son rythme et le monde à nos pieds. Cacophonie.

Ta ta tsouin, pling plong et puis quoi ? Fil dentaire. Racheter quoi ? Qu'est-ce qu'il me veut ? Passe-moi ce bouquin je sens que c'est le moment.

Alexandra : Je balaye.

Alexandre : Donne.

Alexandra : Je balaye.

Alexandre : Je vois. Dernière page. Tiens ton balai ma vieille. Ornicar putain donc. Et bien voyons voir. La fin de l'histoire donc.
Silence
Illégitime défense
Atroce silence pourri de questions — Ils arrivent — Ils frappent.
N'avouerai rien. Rien —
Bravo crétin tu ne fais rien de bien
Silence, je ne crie pas
Ô, il fait le beau Ô comme il est beau
Innocent
Armé
La plume comme un couteau Ô
Trop tard Ô
Illégitime défense
Rien à comprendre.
Innocent
Ils sont morts
Vis
Je
Maintenant.
Très bien.

Alexandra : Qu'est ce que tu fais ?

Alexandre : Mon cirque. Mon devoir.

Alexandra : Tu l'as déchiré Alexandre tu l'as déchiré. Arrête.

Alexandre : Ma dernière bataille.

Alexandra : Arrête ce n'est pas à toi c'est dégoûtant.

Alexandre : Je mange ce que je veux. Innocent. Tu vas voir.

Alexandra : Arrête tu vas l'avaler.

Alexandre : J'avale ce que je veux. Papa est en haut qui fait / Mais qu'est-ce qu'il fout papa ? Il avale il avale. N'importe quoi papa, du ratafia, de l'huile de noix tout mais pas du lolo, et maman qu'est-ce qu'elle fout ? Qu'est-ce qu'elle fout ta mère ? Ta mère est en enfer, qui fait ton petit frère. Lâche ce balai sorcière.

Alexandra : Crache ce papier.

Alexandre : J'aurais dû naître au Japon.

Alexandra : C'est son papier / c'est son poème / c'est mon fils / tu n'as pas le droit. Crache ça. Il ne te pardonnera jamais. Je ne te pardonnerai jamais. Crache. Tu n'as pas le droit. Crache ou je me jette par la fenêtre.

Alexandre : Chaute ! Chaute ! Aître au Aon Aître au Aon.

Alexandra : Crache. Tu es un monstre. Crache.

Entre Jonathan.

Scène 13 : un voleur

Alexandra : Nathan.

Jonathan : La porte est ouverte.

Alexandra : Bonjour Nathan. Re, Nathan. C'est Nathan. C'est le balai. C'est rien. Mais oui mais c'est Nathan.

Jonathan : Faux. J'ai oublié quelque chose tout à l'heure.

Alexandra : Quelle chose ?

Alexandre : Quoi faux ?

Jonathan : Jo. Jo Nathan. Mon nom. Jonathan.

Alexandre : Biblique.

Alexandra : Ah ? C'est bien.

Jonathan : Je ne sais pas. C'est mon nom. Vous êtes décoiffée. Vous êtes belle. Votre mari est couché. Pas bien. Je comprends.

Alexandre : Quoi vous comprenez ?

Jonathan : Je vois. Où est-il ? Je ne le vois pas.

Alexandre : Ça suffit. Je me lève. Quelle heure est-il ?

Alexandra : Couche-toi.

Jonathan : J'ai oublié quelque chose tout à l'heure.

Alexandre : Où est-il ?

Alexandra : Quoi ?

Alexandre : Ton fils.

Jonathan : Mon livre.

Alexandre : Toujours pas rentré ? Très bien. Je me recouche.

Jonathan : Où est-il ?

Alexandre : Je ne sais pas. Je m'en fous.

Alexandra : Donne-le.

Alexandre : Quoi ?

Alexandra : Son livre.

Alexandre : Non.

Alexandra : Alexandre, je t'en supplie, arrête Alexandre.

Alexandre : Tiens. Je plaisante. Oh la la. Il est là. Je me rends. Je vous le rends. Tenez.

Jonathan : Il est à moi. Un cadeau. Il me l'a donné.

Alexandre : Elle prend tout au tragique. Hystérique. Pathétique. On ne peut plus plaisanter. Vous l'avez lu son ?

Jonathan : Feuilleté, feuilleté. Albert Albert. Merci. Qu'est-ce qu'il y a dedans ? C'est tout mouillé. C'est tout collé. Un bout de papier mâché.

Alexandra : C'est à moi. Donnez. Je vous en achèterai un neuf.

Alexandre : Menteuse. C'est à moi. Une manie. Menteuse. Donnez. Je me faisais les dents quand vous êtes entré. Désolé. Je ne savais pas où cracher. Il n'y a rien ici. Vous avez remarqué ? Rien. Donnez.

Jonathan : Je le garde. Je le déplierai. Je le ferai sécher. Je peux vous poser une question ?

Alexandre : Non.

Alexandra : Bien sûr.

Jonathan : Vous l'avez lu ? Albert Albert. Noël. Vous vous souvenez Noël ? L'accident ? Pouilly-sur-Loire ? L'hôpital ? Faux. L'interne c'était moi, en me pinçant le nez, comme ça. Allo Monsieur Legrand ?

Alexandre : C'est lui-même. Je me souviens.

Jonathan : Albert Albert, interne externe aux urgences de Pouilly, sauteur à l'élastique, la tête en bas, c'est tout ce qu'il saute. Votre fils a eu un accident — long silence de mort — vous vous souvenez ? C'était moi. Alex mort de rire.

Alexandre : Je vois.

Jonathan : Non. Vous n'avez rien vu.

Alexandra : Mais si mais bien sûr si je me souviens tu es devenu tout blême tu ne te souviens pas ? Mais ce n'était pas grave Jonathan. Plus de peur que de mal. Ce n'était pas grave comme accident. Vous vous souvenez ? Vous n'aviez que trois heures de retard j'ai fait réchauffer la dinde et hop là ! et la voiture, pas une égratignure. Rien.

Jonathan : C'était faux madame.

Alexandra : Et bien tant mieux. Justement. Ce n'est pas grave. C'était faux. Tant mieux.

Alexandre : Et ce tapis il vient d'où ?

Jonathan : Il l'a volé au Kurdistan.

Alexandra : Ça alors.

Jonathan : Tapis volé. Tapis volant.

Alexandra : Tu vois ? Comme si je l'avais fait.

Jonathan : Un voleur votre fils.

Alexandre : Et son Anglaise elle existe ?

Jonathan : Non.

Alexandra : Je le sentais. Bien fait pour elle.

Alexandre : Vous écoutez aux portes Jonathan.

Jonathan : Faux. La porte est ouverte. Vous avez mangé la dernière page. Vous n'avez pas le droit.

Alexandre : J'ai tous les droits. Je suis chez moi. Sortez. Vous connaissez le chemin. Et fermez-la.

Annabel est là.

Annabel : Va-t'en Jonathan.

Jonathan : C'est clair. Vous êtes très belle madame. C'est clair.

Jonathan sort avec son livre.

Scène 14 : un accident

Alexandra : Merci. Où ? J'ai pitié. Il est gentil. Il est perdu. J'ai pitié.

Annabel : C'est un vampire.

Alexandre : Qui êtes-vous ?

Annabel : J'apporte le thé. Je suis Annabel.

Alexandra : Vous existez ?

Annabel : Vous pleurez ?

Alexandre : Alexandra, tiens-toi.

Alexandra : Excusez-moi. Vous êtes si pâle. Excusez-moi j'ai eu très peur.

Annabel : Je sais. J'ai l'habitude. C'est toujours moi qui fais peur.

Alexandra : Pas vous. Pas vous. D'un accident. Pas vous.

Annabel : Alex arrive. Il cherche les mouchoirs en fleurs. Pour vous essuyer. J'avais tout oublié.

Alexandre : Évidemment. Cesse de renifler.

Alexandra : Il est vivant ? Pardon. Vous êtes si pâle.

Annabel : C'est ma couleur. Il est en route, tout de suite, sur son chemin.

Alexandre : Évidemment. *Eh bien la voilà donc la perfide Albion, Qui va de la lignée perpétuer le nom. Puisse son sang impur à notre sang mêlé, Ne pas faire rougir de son hérédité.* Allez. Sans rancune. Annabel ? C'est ça. Jolie comme un cœur. Annabel. Avec deux N et deux L. Un ange.

Annabel : Une L seulement. Il tourne en rond comme ça l'ange. Vous faites les vers je sais.

Alexandre : Je profite de la retraite. Ingénieur des ponts. Toute ma vie j'ai tiré des traits avec passion. On ne se refait pas que voulez-vous.

Annabel : Moi ? Je ne sais pas.

Alexandre : Allons bon. Très originale et pas très ponctuelle. Mais passons. Faites comme chez vous. Alexandra je t'en conjure.

Alexandra : Je sais, je sais.

Annabel : Laisse-la pleurer vous savez. Il y a rien de mal quand les larmes sont sur leur chemin. Vous avez fait bon voyage ?

Alexandra : C'est fini, c'est fini. Je me remets, je me remets. Ça y'est, ça y'est. Je souris.

Annabel : Alex m'a dit.

Alexandra : Quoi ?

Alexandre : Et donc vous êtes anglaise ? Un peu typée c'est ça.

Annabel : Mon père était chinois ma mère était anglaise. Je suis entre les deux mais ça n'a pas suffit.

Alexandre : Étaient ? À l'imparfait ? Il ne sont plus ?

Annabel : Ça, ça veut pas dire. Mais non tu sais, vous savez, le suicide à deux, c'est très rare c'est comme ça qu'on l'appelle, une maladie orpheline, elle arrive toujours toute seule quand on l'attend pas. Quand on l'attend aussi je crois.

Alexandra : Ah oui ? Une maladie ? C'est triste alors. Alex ne m'a rien dit.

Annabel : Non. C'est fini. Orpheline. Plus de danger.

Alexandra : Vous n'avez pas trop chaud avec ce manteau ?

Annabel : J'ai toujours froid.

Alexandra : Ah oui ? Et c'est des poils de quoi ça ? Il y en a plein le lit. Je me disais aussi.

Annabel : Du mouton doré.

Alexandre : C'est ça. Et donc vous faites des études ? Littérature comparée. C'est ça.

Annabel : Petit à petit, je suis mon cours, j'fais les progrès de jour en jour, et j'aime Alex depuis toujours.

Alexandra : Un poème ?

Annabel : La vérité.

Alexandre : Et bien dites donc. Vous avez appris ça par cœur ?

Annabel : J'ai répété avec Alex pour pas faire peur.

Alexandre : C'est réussi.

Alexandra : Vous savez Annabel, je vous appelle Annabel, il ne faut pas avoir peur Annabel, il ne faut pas avoir peur, en fait Alex, en fait Alex a beaucoup de fantaisie, beaucoup de fantaisie. Toujours, depuis toujours, tout petit, depuis tout petit, il fait des histoires, il en fait son métier, il fait des histoires, il invente, il crée, il sublime, il délire, complètement.

Alexandre : Alexandra arrête ça et mouche-toi.

Alexandra : Pourquoi ? Ce n'est pas un crime. C'est vrai. C'est vrai. Tu n'aimes pas ça, tu n'aimes pas ça mais c'est comme ça. Son père n'aime pas ça, son père n'aime pas ça, il a du mal, tu as du mal, c'est tout, il aime les vers, les rythmes stricts, les rimes qui riment, c'est ça, dis-le, il n'y a pas de mal à dire ça, c'est comme ça, mais c'est pas grave, tu l'aimes quand même, à ta façon, dis-le, tu n'es pas un monstre, ce n'est pas un monstre, à sa façon, il a un cœur comme tout le monde.

Annabel : Qui ?

Alexandre : Ferme-la Alexandra. Ça ne la regarde pas.

Annabel : Pourquoi vous me dis ça.

Alexandre : Je parle à ma femme tu permets. Pardon. Vous permettez.

Annabel : Mais oui. Pourquoi elle me dit ça à moi ? Je sais Alex, et autrement.

Un ange passe.

Alexandre : Autrement ? — Et vous avez fini votre phrase ?

Annabel : Oui.

Alexandra : Autrement oui, autrement oui je comprends Annabel. Pourquoi je vous dis ça Annabel. Je ne sais pas pourquoi je vous dis ça Annabel. Autrement, oui. Parce que j'ai peur Annabel, j'ai peur.

Entre Alex.

Scène 15 : not about us

Alex a du sang sur le visage, des serviettes en papier with flowers à la main.

Alex : Je vous ai apporté des fleurs.

Alexandra : Qu'est-ce que tu t'es fait ?

Alex : C'est rien. C'est Jonathan. Un coup de gourde un peu violent. Il déconne en ce moment. C'est rien. Bonjour maman, vous allez bien ?

Alexandre : Qu'est-ce que tu lui as fait ?

Alex : Rien rien. Bonjour papa. Et vous ça va ?

Alexandre : Tu n'en doutes pas j'espère.

Alexandra : Essuie-toi.

Alex : C'est bon c'est bon. Vous avez bien voyagé ?

Alexandre : Bien. Bien, bien. Très très bien. Dis donc /

Alexandra : Essuie-toi bien Alex.

Alex : Vous avez fait connaissance alors. Annabel. Mes parents.

Annabel : Alex Legrand.

Alex : Salut. C'est moi. J'existe. Vous avez parlé de quoi ?

Annabel : De tout. De rien. De moi. De toi.

Alexandre : Au fait /

Alex : Not about us ?

Annabel : Nothing about us.

Alexandra : Voilà.

Alexandre : Bon.

Alex : Ça va papa ?

Alexandre : Deuxième fois. Tu pourrais t'excuser quand même.

Alexandra : Alexandre.

Alexandre : Tu permets. Il peut s'excuser. Des siècles qu'on l'attend.

Alexandra : Alex.

Alex : Il est désolé.

Annabel : Désolé pour l'éternité.

Alexandra : Qu'est-ce qu'elle dit ?

Alexandre : Ça va. C'est la dernière fois.

Alex : Ave papa.

Alexandra : Alex.

Alex : Merci d'avoir attendu père.

Alexandre : Tu n'en doutais pas j'espère.

Alex : Je n'espère pas papa, je n'espère rien, plus rien, et je ne doute pas, je ne doute de rien, voilà. Je suis content de vous voir, un peu en retard, voilà, on n'en fait pas un plat. Désolé. Il fallait que ça sorte. Désolé. Il fallait que je sorte, c'est tout. J'étais un peu angoissé, un bouquin qui paraît, j'en n'ai pas parlé, voilà, aujourd'hui, et j'ai plus d'exemplaire, désolé, je suis sorti pour voir, pour en trouver un, pour vous, voilà, c'est tout, je suis sorti pour rien. J'ai pas trouvé. Désolé. Je l'enverrai par les airs. Un mec qui fout tout par terre, pas vraiment une histoire. Ça va comme ça ? Bon. — Quelle heure est-il ? C'est bon. Pas trop tard pour le thé. Tu as le thé Annabel ? Annabel tu as le thé — Annabel ?

Alexandra : Annabel l'a ne t'inquiète pas.

Annabel : Elle l'a. Je l'ai. Nous l'avons. Vous l'avez.

Alexandra : Qu'est-ce que j'ai dit ?

Alex : Bon. Ok. Un petit thé papa ? — Papa, un petit thé ? — Papa — Papa — Je vous parle papa — Papa — Maman. Qu'est-ce qu'il a papa ?

Alexandra : Il rêve. Alexandre. Ton fils te parle.

Alexandre : Avec plaisir. Un petit thé. Pas trop fort s'il te plaît / mon cœur.

Annabel : J'ai le plum pudding.

Alexandre : Aïe.

Alexandra : Ton père est un peu souffrant.

Alexandre : Ça va. Il a un cœur comme tout le monde, c'est tout.

Alex : Comme tout le monde.

Alexandra : Allonge-toi.

Alexandre : Ça va. Je ne vais pas passer ma vie dans son lit. Bon. Ça vous fait rire ? On s'assoit où ici ?

Annabel : Sur le tapis. C'est joli. Qui veut le plum pudding ?

Alexandre : Franchement. Vous êtes d'accord Annabel, il y a des règles à respecter.

Annabel : C'est incontournable Monsieur Legrand.

Alexandra : Il a une femme dans sa vie maintenant. Grand événement.

Alex : Quoi ?

Annabel : Qui ?

Alexandre : Des chaises, une table, c'est pas compliqué.

Alexandra : Et vos enfants vous les mettrez où ?

Annabel : Sur le tapis.

Alex : Shut up.

Alexandra : Qu'est-ce que tu dis ?

Alex : Comme les touaregs.

Alexandra : Voilà.

Alexandre : Si c'est une question d'argent. Évidemment.

Annabel : Tu pisses encore les sangs. Il t'a fait mal ce con.

Alexandre : Vous n'êtes pas d'accord Annabel ?

Annabel : Je crois je peux pas être d'accord ou pas d'accord avec vous, ou même pas avec vous Monsieur Legrand tant je suis pas d'accord avec moi-même. Mais je veux bien faire les efforts, faire le thé, distribuer le plum pudding, réciter les poèmes, mais à moi-même vraiment, il faut pas trop rien me demander ou je vais faire peur, et ça, vraiment je suis fatiguée.

Alexandre : Allons bon.

Alexandra : Elle est très pâle c'est vrai.

Annabel : Vous occupez pas d'elle. J'ai l'habitude.

Alexandra : Allongez-vous. Ne vous gênez pas pour nous. On fera comme si vous n'existiez pas.

Annabel : Je sais madame mais pourtant je suis là.

Alex : C'est bon maman c'est bon. On n'en fait pas un plat.

Alexandra : Qu'est-ce que j'ai dit ? Ah oui oui. Changeons de sujet changeons de sujet.

Annabel : Quel est le sujet ? Qui est le sujet ? Ô quel tapis ?

Alex : Shut up.

Alexandra : Mais je ne sais pas. Je ne sais pas moi. Comme vous voulez. Ce que vous voulez. Vous êtes chez nous. Il est très bien ce tapis. Vous êtes chez vous.

Annabel : Pas vraiment moi.

Alexandra : Je me tais, je me tais, je ne dis plus rien.

Alexandre : Tu as encore du sang sur le visage mon fils.

Alexandra : La salière.

Alex : Vous pleurez maman ?

Alexandra : J'ai complètement oublié.

Alex : Mais c'est pas grave vraiment. Pas de quoi pleurer.

Alexandra : Non non. C'est mes taches jaunes. Qu'est-ce qu'on entend ?

Alexandre : C'est quoi ce boucan ?

Alexandra : Ça vient de l'armoire.

Alexandre : Ça vient de là-haut.

Annabel : La diversion, c'est ça qu'on dit ?

Alexandra : Qu'est-ce qu'elle dit ?.

Alex : C'est Jonathan. Il fait son cirque. Il va sauter par la fenêtre ou je ne sais quoi. C'est ce qu'il m'a dit ce salaud. Il me fatigue. Vraiment.

Alexandra : Mon dieu.

Alex : Il déconne complètement.

Annabel : Pas tout à fait en vrai. Il va le faire peut-être un jour.

Alex : Qu'il le fasse. Qu'il crève. J'en peux plus.

Alexandra : Mon dieu mais tu dis ça mais c'est horrible.

Alex : Une bonne fois pour toutes.

Annabel : Pas aujourd'hui j'ai l'impression.

Alexandra : Et toi / Et vous / Vous restez là comme ça. Vous vivez là comme ça ?

Alexandre : Ils font ce qu'ils veulent Alexandra. Ils sont libres, ça ne se voit pas ?

Annabel : Y'a rien à faire j'ai l'habitude.

Alexandra : Et vous / vous ne dîtes rien. Vous l'entendez, vous ne bougez pas. Et toi / Mais c'est pas / mais c'est pas bien Alex ça /

Alex : Mais qu'est ce que vous voulez qu'on fasse maman ?

Alexandra : Mais je ne sais pas / Mais quelque chose.

Alexandre : Ils font ce qu'ils veulent Alexandra. Ils sont /

Alex : Quoi ? Je l'invite à bouffer, je lui fais du thé, on parle, normal de tout de rien. Ça change rien.

Alexandra : Appeler quelqu'un.

Alex : Qui ? Où ? L'HP ? Ils n'en veulent pas. Il est normal maman. Comme tout le monde. Il cherche du boulot, il en trouve, il en perd. Normal. Il fait de la varappe. Il paye son loyer. Il fait du chantage. Normal. Il file des coups de gourde et il veut qu'on l'aime. Normal. Comme tout le monde. Il se bouffe la vie, il me bouffe la vie. Comme tout le monde. C'est lui ou moi. Normal. C'est ça la réalité. Ça se vend bien ça la réalité – je devrais y penser. Ça intéresse tout le monde c'est-à-dire personne la réalité. Je ne peux pas le sauver. J'ai essayé maman. Je ne peux pas sauver le monde.

Alexandra : Mais mon chéri on ne t'en demande pas tant.

Alexandre : Je ne te demande rien. Arrête de pleurer.

Alex : Quoi ? Des années et des années qu'ça dure putain. Qu'est-ce que vous voulez que je fasse de plus ?

Alexandre : On ne te demande rien. Ne crie pas, c'est tout.

Alex : Je ne crie pas. Je crie Annabel ? Annabel je crie ?

Annabel : I'm not here.

Alexandra : Mais qu'est-ce qu'elle dit mon Dieu ?

Alex : Ok. Elle n'est pas là. Merci. Qu'est-ce que je dois faire alors ? Dites.

Alexandre : Va lui parler c'est tout — Qu'est-ce que tu attends ? — Va lui parler — Tu as une langue à ce qu'il paraît. Nauséeuse et vitale.

Alexandra : Alexandre je t'en supplie.

Alex : Quelle langue ?

Alexandra : C'est pas le moment vraiment.

Alexandre : Je respire encore.

Alexandra : Alexandre.

Alex : Non. J'ai tout dit. C'est pas mon histoire.

Alexandra : Mais c'est pas vrai / mais c'est pas vrai / mais tu es / mais vous êtes / Mais on ne laisse pas les gens souffrir comme ça.

Alexandre : C'est moderne ça Alexandra.

Alex : Et pourquoi pas papa ?

Alexandre : Bravo. Ce sont des phrases comme ça qui font avancer les lettres.

Alex : Et pourquoi pas ?

Alexandra : Taisez-vous. Tais-toi. Tous / Tous / Vous / Tu / Ah vous me — Tous / Vraiment / Il y a quelqu'un qui souffre ici / Ah c'est beau la liberté / J'y vais / Un peu de douceur mon Dieu / Il m'aime je le sais / Un peu de douceur / Je monte / Je sais qu'il m'aime / Entretuez-vous. Je monte.

Alexandre : Je viens avec toi. S'il faut le maîtriser. J'y vais. Il faut qu'on parle Alex. Laissez la porte ouverte.

Monsieur et Madame Legrand sortent.

La fin du poème

Alex : De quoi ? — And so /

Annabel : And so /

Alex : And so all the night-tide, I lie down by the side
Of my darling – my darling – my life and my bride,
In the sepulchre there by the sea

Annabel : In her tomb by the sounding sea. On n'a même pas pris le thé.

Alex : Qu'est-ce que tu fais ?

Annabel : Je m'en vais.

Alex : Je vais leur dire quoi ?

Annabel : Tu inventeras.

Annabel sort.

Alex : Un peu de douceur putain.

Théâtre à l'Harmattan

ABSURDE ET DÉRISION DANS LE THÉÂTRE EST-EUROPÉEN
Sous la direction de Maria DELAPERRIÈRE
Absurde, dérision, grotesque... telles sont les orientations qui ont marqué le théâtre est-européen de l'époque totalitaire, un théâtre qui s'est nourri de l'absurde secrété par l'idéologie et le système politique. Drames, farces, comédies du théâtre polonais, tchèque, slovène, hongrois, bulgare, ukrainien, roumain, sont convoqués tout à tour pour offrir au lecteur français un témoignage inédit à ce jour.
(Coll. Espace littéraire, 252p, 24€) *ISBN 2-7475-3348-4*

TUER CE SIÈCLE
(théâtre)
Jean-Marc BAILLEUX
Une jeune fille, Ophélia, promise à une carrière de nageuse, fugue avec deux fous furieux des bas-quartiers : Malcom et Nike. Le coup de foudre de ce trio à la morale creuse va les conduire à l'urgence d'un parricide pour partir en Amérique...
(Coll. Théâtre des 5 continents, 10,70 €, 130 p.) *ISBN 2-7475-3548-7*

MARCHE AVEC LE MASQUE NEUTRE
(théâtre)
Georges BONNAUD
Aborder le masque neutre c'est prendre à la lettre l'injonction de Pascal : « Mets-toi à genoux et tu croiras ». Ce qui signifie qu'il faut chausser le masque neutre pour voir et sentir ce qui advient... Le neutre est Utopie, illusion efficace ; jouer l'être neutre c'est imaginer une espace de vie où la rencontre peut se réaliser.
(Coll. Théâtre des 5 Continents, 176 p., 15€) *ISBN 2-7475-3477-4*

LA PIAZETTA DU CAFÉ
Pasticcio
Bernard JOLIBERT
La tradition du pastiche est une tradition ancienne qui consiste à contrefaire le style des maîtres dans une intention parodique, simplement pour le plaisir. Dans cette Piazetta du Café, l'auteur s'est plu à associer deux styles théâtraux qui sont apparemment opposés, la rigueur et la discipline du classicisme français et l'exubérance de la Commedia dell'arte. La visée satirique ne fait aucun doute. « Pâté ou pot-pourri », l'assemblage vise avant tout à divertir tout en mettant en scène les mœurs des personnages qui restent à jamais nos contemporains.
(Coll. Théâtre des 5 continents, 10 €, 86 p) *ISBN 2-7475-3353-0*

ASAMI. Théâtre de La Lista

Olivier MARCERATESI

Sur la scène de l'art contemporain, dans un lieu équivoque nommé Asami et parcouru d'objets suspects ou d'œuvres douteuses, cinq hommes et une femme s'entrechoquent au rythme des caprices d'un artiste défunt. Cet artiste, c'est Eduardo Muñerez, le fantasque catalan de La Lista, disparu le 28 juin 2001 à Paris et auquel l'auteur rend par cette pièce, un sincère et bouleversant hommage.

(Coll. Théâtre des 5 Continents, 9.50€, 78p) *ISBN 2-7475-3557-6*

LE CIEL DANS LES BRAS (Conte Théâtral)

Robert POUDÉROU

« Le ciel dans les bras » se déroule, se déploie dans un pays imaginaire, entre sud de l'Europe et confins du Proche-Orient, dans les années 2000 et vingt-cinq ans plus tard. « Les Jésus » - une génération sans repères, fils exilés d'une société mercantiliste – quittent les villes. Micalina, femme-nomade, recueille les jésus, et affirme avec passion qu'il n'y a rien de plus urgent en ce monde que de résister à tous ceux qui, arrogants, ennemis du genre humain, rejettent avec violence une cité sans exclusion.

(Coll. Théâtre des cinq continents, 11€, 124p) *ISBN 2-7475-3527-4*

LA GRANDE COUR

Bettina SOULEZ

Une salle des professeurs sert-elle vraiment à parler de « pédagogie » ? Pas toujours ! Car elle est un lieu comme un autre mais là, sur scène, bien sûr tout bascule ! Dans ce microcosme, la communication entre les personnages est surprenante, décalée et … dérape ! Car chacun, pétri de sa propre culture, évoque ses sujets et son mode de vie. Une comédie qui nous suggère d'aller de l'avant !

(Coll. Théâtre des 5 continents, 170p, 16€) *ISBN 2-7475-3549-5*

LA SARRAZINE

Julie VIREL

Cette pièce de théâtre retrace la brève et singulière histoire d'amour d'Albertine et Julien Sarrazin, qui ont su s'aimer intensément dans la repoussante promiscuité que crée l'univers carcéral, ici décrite sans concessions, jusqu'à la mort d'Albertine en 1967. A travers l'évocation des « Lettres à Julien » échangées par les deux détenus entre 1958 et 1960, nous découvrons comment l'amour, dans toute sa certitude, a fait d'Albertine Damien, gamine solitaire et mal aimée, Albertine Sarrazin, une femme déterminée et indestructible.

Coll. Théâtre des 5 Continents, 9,50 €, 87 p.) *ISBN 2-7475-2883-9*

ENTENDRE L'OPÉRA. Une sociologie du théâtre lyrique

PEDLER Emmanuel

L'opéra occupe une place paradoxale dans l'espace culturel contemporain. Reconnu mais mis à distance, puisque seule une petite minorité le fréquente, l'opéra est néanmoins présent dans les esprits. Parce qu'il est culturellement extrême, doté d'un profil atypique, il constitue un objet particulièrement intéressant pour les sciences sociales. Son histoire politique, son implantation internationale depuis le début du XXe siècle, la stabilité exemplaire du "grand répertoire" seraient déjà des motifs suffisants pour justifier une étude historique et anthropologique.

(Coll. Logiques Sociales, 15.50 €, 188 p.) *ISBN 2-7475-3891-5*

560155 - Mars 2014
Achevé d'imprimer par